Best Time

白 马 时 光

远村行走

秦明　——　著

寻访中国
最后的山村

百花洲文艺出版社
BAIHUAZHOU LITERATURE AND ART PRESS

图书在版编目（CIP）数据

远村行走：寻访中国最后的山村 / 秦明著 . — 南昌 : 百花洲文艺出版社，2019.10
ISBN 978-7-5500-3376-4

Ⅰ . ①远… Ⅱ . ①秦… Ⅲ . ①散文集－中国－当代 Ⅳ . ① I267

中国版本图书馆 CIP 数据核字（2019）第 196340 号

远村行走：寻访中国最后的山村
YUAN CUN XINGZOU:XUNFANG ZHONGGUO ZUIHOU DE SHANCUN

秦明　著

出 版 人	章华荣
出 品 人	李国靖
特约监制	夏　童　何亚娟
责任编辑	刘　云　黄文尹
特约策划	何亚娟　谭　欣　秦　姣
特约编辑	谭　欣　秦　姣
封面设计	樱　瑄
版式设计	赵梦菲
封面绘图	不语氏
出版发行	百花洲文艺出版社
社　　址	南昌市红谷滩世贸路 898 号博能中心 I 期 A 座 20 楼
邮　　编	330038
经　　销	全国新华书店
印　　刷	北京中科印刷有限公司
开　　本	880mm×1230mm　　1/32
印　　张	8
字　　数	128 千字
版　　次	2019 年 10 月第 1 版第 1 次印刷
书　　号	ISBN 978-7-5500-3376-4
定　　价	49.80 元

赣版权登字：05-2019-229
发行电话 0791-86895108
网　址 http://www.bhzwy.com
图书若有印装错误，影响阅读，可向承印厂联系调换。

自序

（一）

秦岭，中国版图中间一座巨大的断块山脉，大地上一段古老的褶皱，远古造山运动中被多股力量挤压而成的福地洞天，横亘国中，绵延千里。秦岭号称华夏文明的龙脉，它是中华民族的父亲山，中国南北方的分界线。其北麓，诸峰起伏、山势险峻，峭壁林立；其南坡，则相对较缓，处处是山谷，常常大山深处有人家。

我与秦岭，着实是有些缘分的。

最早可以追溯到20年前，那时我还是学生。天气好的时候，站在长安城①中高处往南看，入眼就是名贯古今的终南山。不过

---

① 今西安。由于当地居民多用"长安城"的叫法，因此全书多处保留这一古称，后不再加注。

最初的远行，只到过终南山脚下的高冠瀑布。县志里提到此地："山形陡绝，有瀑布飞下，如银河倒泻，水柱下为潭，广可数丈，深不可测。"

再之后便是大约 10 年前，此时我刚刚读完硕士，参加工作。身强体壮、精力无限，热衷于骑山地自行车。差不多每个周末，我都会骑行几十或上百公里。涉足之地，主要是"秦岭北麓七十二峪"——"八水绕长安"中的七水，就发源于这些河谷。

差不多两三年前，或是穿过秦岭终南山隧道，或是翻过秦岭沣峪分水岭，我周末自驾一趟趟往返于南北方。终于，这些旅程把我带到了更为广阔的秦岭腹地，尤其是南坡穿山古道上的那些老村庄里。

（二）

南坡，秦岭的核心地带，早在秦汉之前便有了人类活动的踪影。如今，虽然城镇化的步伐还在加剧，但因为高速路通车没有多久，高铁也才刚刚延伸至此，这里仍旧被山阻隔，再加上移民搬迁、经济发展等原因，山谷中还遗存着一些古老村落，依旧驻留有唐朝的气息。

为什么走进秦岭古村落，会有一种返回唐朝的感觉？

当年选址初建时，山谷中的村落，都选择在了山清水秀之处，或者遮风避雨的山洼里。因为山隔云阻、交通不便，其建筑材料和式样，时至今日仍和一千年以前的唐朝基本一致——土墙土瓦，竹林老树。

在秦岭的深山里，在蓝天白云之下，它们静静地待在那里，好几年都没有游客造访。去看一看，去品味一下，从中感受人类活动在这片山野中留下的痕迹，你肯定会有从工业社会穿越回古代的奇怪感觉。

行走其间，尤其是暮色降临的时刻，我总是端端地、痴痴地想起"借宿"这个词。就像回到了唐朝，行进在唐僧师徒西天取经的路上，看到了他们曾经借宿过的那些亮着油灯的山间房舍。

（三）

背上干粮，拿着相机，约上二三友人，便出发了。

寻找山村时，多年积累的户外徒步经验派上了用场，凡是地图上标注了地名的地方，一般都曾是有过人类活动的场所。

秦岭南坡的这些山谷，自然也不会例外。另一些时候，我则直接下载高清的卫星地图，放大到最大比例，一寸寸去搜寻和翻找，虽耗费时间，但简单易行。

到了实地，前路不明也没有关系，跟着以前架设的电线杆走就会有收获。几十年前，为了解决照明问题，通电成为了所有村落的大事。所以凡是有电线杆的地方，都是有过村庄的，都曾有人居住。如今，电线杆成了山谷中最好的指向标，哪怕它只是一截歪歪斜斜的树干。

南坡山谷中的老村子，居住的人并不多。偶尔碰到的几个留守人，大多是舍不得故土的老人。山里人走出大山、十村九空，谁也无法阻挡社会时代发展的脚步。不过，炊烟缭绕、鸡鸣犬吠，偶尔碰到的人家房屋里挂满核桃、板栗、天麻、木耳、香菇、柿饼的景象，无一不触动着我的视觉、味觉，甚至全部神经。

到了这个时候——我与秦岭相识差不多20年的时间点，我终于觉得自己有必要写一些文字了，特别是为秦岭南坡的这些山谷。未来属于年轻人，但南坡的这些村庄已无年轻人。我看到的景象，有可能成为秦岭最后的居住者的记忆。等这一代留守老人去世之后，荒芜和凋零将硬生生把这里塞满。

于是，有了后来"今日头条"上那些配有三言两语文字的图集，也是本书的雏形。互联网确实很强大，人工智能算法实在太精准，几乎每个图集中的秦岭故事的下方，都会有图中房子主人的留言评论。即便他已经离家多年，生活在几千里外的他乡。

从一个村庄到二十多个村庄，从第一张照片到数千张照片，从第一行字到约十万字的记录，无意之中，我勾勒出了秦岭腹地山谷最美的景色。这些景色，时而是晨曦温暖、雾霭升腾，枯枝摇曳、远山含情；时而是开了一树李子花，屋檐下挂着金黄的玉米，墙角堆放着整整齐齐的柴火；时而是一泓甘甜清冽的泉水从青石上流过，细小的河沟岸边尽是长得青青欢欢的草。

但网络上的文字，毕竟太过零散。于是，我以去过的村庄为主线，又进行了些许润色，整理出来另一个更加血肉丰满的版本，这便是诸君所见的本书——一本关于秦岭南坡山谷中的人、景和物的故事集，以及些许我用文字记下的感悟和体会。

这是我的别样秦岭，也是秦岭南坡的原本。

（四）

这是一本"走"出来的书，前前后后花费了差不多两年的时间。每个周末，我都在秦岭南坡的山谷中，看那些老房子，寻访秦岭留守人的故事。这本书也可以称它是拍出来的，差不多每一句话，都能够对应山里的一个场景，都是秦岭最后山村实景的现场速写。

这些村庄，修建在连接南北方的细路上，而这些细路，秦时就有了，汉时繁华过。行过军，走过商队，也冷落过旅人。它们沉寂了十年、百年、千年，但总是活生生的人修建的。我联想到了第一位在此结庐的先辈，回忆起了第一个安家落户的前人，他们娶妻生子、嬉笑怒骂，生活了几十年，又化作一个坟包包。雁过留痕，过一辈子谁不想留下点什么？于是，我尽一己之力给它们作一次志，虽不能永垂，但起码是个安慰。

别人靠才华和灵感写书，而我用图文忠实记录我去过的村落。有时候我甚至觉得，这些文字其实都不是我写出来的，它们都是秦岭山谷中自然生长出来的。就像你撒一把种子到土地里，就会有庄稼长出来一样。任何人，只要有机会去走访，都会看到一模一样的场景，都会激起同样久久不能平静的念想。

笔力有限，我无法对这些山谷做出最好的记录。但愿我为这些普普通通的村子写下的几行字、拍摄的几张照片，能让读者，有哪怕一丁点儿的喜欢。

我在记录，也在体悟。每当进入南坡的山谷，暂时断了和城市的联系，我就仿佛成了山中的一块石头、一棵树、一株草，或是头顶飞过的一只鸟，身边跑过的一只兽，潜入地里的一条杂虫，想问题的角度、看世界的方式通通都变了。

这种改变，会让你不再苦苦纠结、执迷不悟，你最终看开了、想透了，把自己看得很轻，因为俗世中那些让你变得趾高气扬的好房子、好车子，让你变得毛毛糙糙充满优越感的地位和金钱，都离得远、看不见，用不上也就妨碍不了你。

这时候，你反倒会感谢你脚上穿着的这双鞋子让你走路很踏实，感谢身上的这件衣服让你觉得舒服温暖。于这个角度无限上升，你终于发现人其实就是这样一种动物，时不时需要回归一下、敲打一番，否则就不会珍惜眼前的幸福了。

行走于山谷中，其实也是一种修行。

我期待有一天，密林重现，动物归来。

目 录
contents

目 录
contents

深山里
的诗情画意

每天清晨，吃过简单的早饭，老人们踩着缓慢的脚步，带着农具走向田间地头，一天的生活便这样开始了。这是一个安静的小村庄，偶尔有一点点喧闹，更多的却是难得的宁静。

暖暖远人村，依依墟里烟

——寻访安沟村

陶渊明《桃花源记》描绘的那种村庄，想必是有原型的，安沟村大概就是一例。高清卫星地图上的安沟村，地处一块相对平缓的峡谷地带，两山之间，星星点点地分布着许多农舍。安沟村的地形地貌，像极了靖节先生对桃花源的描述：入村处道路极窄，行三五里后，豁然开朗，然后土地平旷、屋舍俨然。

袅袅升起的炊烟

安沟村是一个普通的秦岭南坡山中小村，这里并不是旅游景区，所以几乎没有外人前往。从入村岔口往里走，依次为和尚坪、庙沟口、安吉堂和南沟口四个地方。每一个地方，大约都只住有十来户或二三十户人家。

如今居住在安沟村的人，大多是上了年纪的老人。他们日出而作、日落而息，生活极为简单。每天清晨，吃过简单的早饭，老人们踩着缓慢的脚步，带着农具走向田间地头，一天的生活便这样开始了。

一年之中，安沟村要数春天最好看。河道两边，树木刚刚发芽，长出新鲜的叶子，满眼鹅黄翠绿，与远山的枯黄形成鲜明对比，色彩十分丰富。这个时节，村里家家户户的房前屋后，必定也都是桃红李白、芬芳馥郁，一片生机盎然。

探访安沟村这一天，因为去得早，村人都还在生火做早饭，丝丝缕缕的炊烟，正从房顶上的烟囱里飘出来。村中的空气里，弥漫着柴火燃烧后产生的清香，处处都充满了浓郁的生活味道。昨夜大概是下过一场小雨，道路还有一点湿滑。继续顺着土路往村子深处走去，路边到处是玉米秆、木栅栏，以及十几米高的粗大乔木。

安沟村村中还有很多老房子，这些老房子的墙上，隐隐约约还能看到许多老标语。"加强人口与计生工作，稳定低生育水平"，写有这个标语的老房子，大概是以前的村委会吧。而另一栋老房子屋檐下，"团结紧张、严肃活泼""教育必须同生产劳动相结合"等口号也充满了历史的沧桑感，这里可能是

以前的小学校，只可惜校舍已被岁月遗忘，时空的回音中早已没了琅琅的读书声……

安沟村村中有一条小溪流，溪水特别清澈，从后山缓缓地流下来，这是乾佑河的源头之一。流过村庄的这溪水，宁静地滋润着沟中的每一块土地，平和地润泽着这里的每一户人家。

　　有花、有树，有房、有地、有溪，站在安沟村的半山腰上，久久凝视眼前的景色，想想人们到处去寻找的世外桃源，也许就是眼前这个模样吧。桃花源一样美丽的村庄，其实就在这些不知名的小地方。

和尚坪的新房子

　　和尚坪是进入安沟村之后，居民相对集中的一个小地方，约莫有几十户人家。

　　历史上，安沟村为孝义厅所辖。清光绪十年（公元1884年）出版的《孝义厅志》里说：在厅西北营盘安沟内，有寺庙一座，然庙宇无存，仅余石像一尊，身长八尺，不知何朝所建。和尚坪这地名，大概与志书里记载的这个庙有关吧。

　　道路两旁，樱桃树的花正静悄悄地开放着。和秦岭其他山村的颓败不一样，和尚坪别有一番景象——这里正在上演着火热的盖房大戏，房子一家比一家盖得高、盖得大。

　　没走多远，先是看到一栋土墙老房子，大约是20世纪五六十年代修建的，如今被紧紧地夹在两栋新盖的房子中间，视觉上十分突兀。然后又看到更多新盖的房子，有的甚至高达三、四层，不过从门口贴的对联判断，二楼以上应该没有实际居住，都是些做摆设的空房间罢了。

在秦岭山村里，对于大多数的村民来说，盖房子如同娶媳妇一样，是一辈子必须要做的一件大事。盖房子这事情，是一个人一生中必须要完成的仪式。而且房子必须比父辈的盖得更高、更大，最好是整个村中最高、最大的那栋！

山里地多，一户人家即便盖了新房子，老房子也往往会被保留下来。所以经常一眼望去，就可以看到三种典型的房子挨在一起：土坯房、砖墙房，以及贴着瓷砖的新房。三栋房子，其实就是一户人家三代人的故事。

实际上，老树竹林绕房前、树上鸟儿筑新巢，红的花、白的花，一条小径通往人家，这才是和尚坪原来的景象。作为一个念旧的人，我还是喜欢老房子里的那些旧生活：在一天中最美好的清晨，远山的云雾正在蒸腾，村庄刚刚睡醒，屋顶的黑瓦，菜地里的蒜苗，稀稀拉拉的木栅栏，屋顶冒出的几缕炊烟，还有鸟儿清脆婉转的叫声……

庙沟口的椴木堆

秦岭的一条沟中，房屋一般不会是均匀分布的，往往这里聚着十多户，一二里外又聚着七八户；或者这个山脚有四五栋房子，另一个岔沟口又住着五六户人家。庙沟口就是这样，它位于安沟村中部的一个岔沟口上。

　　仔细瞧，眼前的景象，竟有些熟悉的感觉：三两棵桃树李树，一大排整整齐齐的木篱笆，以及房前屋后的两三亩薄地，还有白墙黑瓦的屋舍数间。这油然而生的，是家园的感觉。

　　庙沟口的村子口，整齐地码放着一堆新锯好的椴木，碗口般粗细，长度一米左右。秦岭山里的人家，村民除了种庄稼外，也常在房前屋后的竹间林下，使用椴木作为培养基，种植木耳

和香菇。这种方式种出来的木耳和香菇，几乎就是在野生环境中生长出来的，品质仅次于野生的，口味极佳。

庙沟口的村口，还有一盘已被弃用的石碾。岁月已经把它磨平，如今它被当成凳子，成了歇脚的好地方。村中的几栋房舍，已经许久无人居住，石头台阶上都长出了青草。后山上，有一小片开垦出来的土地，刚刚被翻过。眼前这场景，恍恍惚惚，就像刚刚醒来的婴儿一般。

安吉堂的老夫妻

地图上的每一个行政地名，都会对应一个有人居住的地方，安沟村的安吉堂便是这样一处地方。从村口的大路走上去，几栋土墙黑瓦的老房子紧紧挨在一起，远远还可以看见一户人家的厨房里，正冒出几缕袅袅的炊烟。

炊烟升起处，住着一对老夫妻。显然是许久没有访客来过，两位屋主看见我们走过去，惊讶中也有一些惊喜。

"来，你们抽烟不？"女主人转身走进屋内，不一会儿后手里拿着一包香烟走了出来，然后抽出两支递了过来。我们不抽烟，只好婉言谢过。

男主人正在院子边的大路上，用一把老式锯子，将桦树锯成约半米长短的木料。"这里以前人多，现在都搬走了。"

男主人已经70岁了，十分健谈，一边干着活，一边和我们聊着天。我们问孩子怎么没在家？提到孩子，男主人显得很开心。

"你们看到我家门口，走上来这条大路没？以前是条小路，陡，不好走！是我小儿子开着挖机挖出来的，专门给我们俩挖的。娃儿说，这样上下就方便了，也安全！"

没想到眼前这条几十米的土路背后，原来还有这样一个温馨的故事。安吉堂的这对老夫妻，日子过得虽然有些清贫，但有一个十分懂事和孝顺的儿子，为人父母，能有这样的晚年生活，其实也挺让人羡慕的。

男主人告诉我们说，安吉堂这个地方，现在除了他们老两口外，就只剩下另一个老人了。顺着他指的方向，在不远处的另一栋老房子跟前，果然看到有一个老人正坐在屋檐下，面朝着我们这边看。这当儿，一只不知名的漂亮山雀，见到人后立即发出一声清脆的啼鸣，迅速从长满木耳的椴木上飞走了。

安吉堂的后山土地上，长着满坡的油菜，时节虽值清明，但山中气温较低，油菜花尚未开放。这么大片的油菜，若是开花了，该是多么美的一幅画。

宁静的小村庄

南沟口，是安沟村最后一个村民居住点，再往里就没有人家了。

我们在和尚坪停了车走到这里，虽然只有不到四五里路，却因走走停停、瞧瞧看看，花费了一个多小时的时间。

秦岭里的这些沟，往往沟口人多，沟脑人少。南沟口这里，原本就不到十户人家，现在大部分都搬到山下去了，如今这里只有一户还有人居住。这一户人家门口，停放了一辆农用车，后山的林间，放养着一坡的山羊。

这些山羊，不仅在山坡上乱跑，还常常溜进南沟口剩下的这些无人居住的老房子里来。我们走到南沟口最后一户人家的房前，只见屋顶坍塌、大门洞开，显然已经无人居住多时。就在这屋檐下，我们看到了一只山羊。这山羊见了生人，一点也不去躲避，眼神柔和地看着我们，安静得就像一尊雕塑。

静静的南沟口，静静的安沟村，许多树上开满了花，满枝

绽放、悄无声息。

　　这里的土地是平旷的，这里的屋舍是俨然的，也有良田、美池、桑竹之属，其中往来种作者，虽然难见垂髫，不过却尚有黄发。这是一个安静的小村庄，偶尔有一点点喧闹，更多的却是难得的宁静。

门前的老树会在春天里再次发出新芽，但离去的主人，却不知道何时才能再次回到他原来的家。

栖栖世中事，岁月共相疏

——寻访牛圈沟

秦岭南坡户菜路上有个蒿沟村，自然风光极美，却一直不温不火，知道的人并不多。这个只有百十余户人家的小村庄，呈东西走向，一头连着210国道上的广货街镇，一头连着G5西汉高速的朱雀出口。蒿沟村中，有个地方叫两岔河口，里面有条沟叫作牛圈沟。牛圈沟深处，就是秦岭终南山的冰晶顶，时有驴友由此登山。

　　此地既叫牛圈沟，必然与牛有关，但这牛可不是普通的牛。秦岭有四宝，其中之一叫羚牛。羚牛喜冷，一般生活在海拔2500米以上的高寒地区。牛圈沟梁顶的最高海拔接近2800米，至今仍是羚牛生活的主要场所。因时有羚牛出没，此地故名牛圈沟。进山若是能见到羚牛，也是一件幸事。

搬迁与坚守

　　把车停在两岔河口，沿河边土路徒步进入牛圈沟。刚一入沟，便见两旁山高林深，中间小河流水，路边有一群老黄牛，正悠闲地吃着草。

远处，有一栋完全用原木搭建的房子，其屋顶覆盖着小木条，明显铺过一层草，屋子四周的结合处，用铁丝进行了绑扎加固。木房子上着锁，已无人居住，透过门缝望进去，除了几件生活用品外，整个屋子空荡荡的。

什么人会在这里搭建一间木房子？用来干什么？为什么现在又被废弃了？关于木房子的答案，自然是无从知晓。山中的每一处遗迹，其实都是生存所需遗留下来的。千百年前，是多大一场战乱或灾祸，才促使秦岭的先民们，从别处移居至这样的大山深处，垦地开荒、隐世而居？

行约六里后，峰回路转，目之所及，豁然开朗。蓝天白云之下，山脚依稀有农舍若干。时值早春，牛圈沟村口的老树尚未发芽，但二三留守的老人，已经扛着锄头，开始下地拔草锄地了。

人在深山中，经年累月几乎无人来访，唯一的激情就是把全部的精力用来侍弄土地、种植庄稼，这是延续了千年在土里刨食的山民的真实写照。

站在沟中高处眺望，牛圈沟有二十余户人家，或白墙黑瓦、或白墙红瓦，在这山野之中构成了一幅醉人的画卷。一条发源于后山的小河，将村庄劈开分为东西两岸。连接两岸的，是小

河上一座勉强还能过人的简易便桥。这桥的桥墩子和桥面铺设的木板，都已被岁月磨得陈旧。

东岸一户人家院内，停放着一辆已经报废的农用车，如此深山中，遥想当年这辆车被开回来的时候，肯定寄托着一家人全部的梦想。再远些的缓坡地上，另一户人家老房的四周，土地颇为平旷。走近后细细打量，门口的对联已经褪色，房屋已无人居住，但门口还竖有一根电线杆。不久前的夜里，这栋老房还曾有过光明和温暖。

偌大一个牛圈沟，如今只有三户尚有人居住。向村人打听后得知：牛圈沟几年前已经被全部征用了，老房子的赔付按照面积进行，原有多大房子，就异地新建多大的房子赔偿，土地和林地则另算。如今，大多数人已搬到外面还建的新房子去住，只有这三户还坚守在这里，不忍心老房子就这么空着。

时下，冬天过去才不久，秦岭的春天刚刚到来，山野中的野桃花，盛开得正艳丽，绽放得正欢快。无论山外的世界多么精彩，山中的一切都遵守着时令变换，不早一个节气，也不会晚一个节气。只是任凭那些空着的土墙房，慢慢消失在岁月的长河中。

山沟里的农家饭

牛圈沟留守的这三户人家中，还有一户能做农家饭。这户人家的小招牌颇有意思，横着写了三个大字"农家饭"，竖着写了三个小字"土特产"。

"人家都叫'农家乐'，你家为啥叫'农家饭'？"与老板闲聊，询问道。

　　"这地方山大沟深，一年到头没几个人会来。我们住在这里，想着路过的人要是饿了，可以顺便做顿农家饭给人家吃吃。"老板回答说。

　　这一户人家，家里就夫妻两人。老板说，厨房只有一个灶、一口锅，要是来客多了，其实他还接待不过来，而且平时家里也不备菜，没有菜单，来客也别想点菜，他家今天吃啥，他就只能做啥。一句话，一切随缘，只做上门生意。

　　见院子内晒着香菇，我们想要一个香菇炒青菜。老板说这

些香菇快晒干了，如果要吃的话，还得用热水泡好一会儿，时间有可能太久，问我们随他上山采摘些新鲜的香菇，将就着吃一顿如何？

香菇在晒干的过程中，内部结构会发生转化，会生成更多的香菇精，吃起来更鲜美，但泡发需要时间。看来我们没有口福，只能吃鲜香菇了。于是跟着老板去后山摘香菇。

我们一边往山上走，老板一边指着后山介绍说，这 90 亩林地都是他家的自留林，种香菇的地方就在这坡上林间。走了不多久后，只见 1 米左右的椴木上面，长着一些个头大小不一的香菇。老板眼疾手快，不一会儿就采了一大捧，并告诉我们说："其实鲜香菇口感更好，吃了也容易消化。绝对纯天然，不好吃不收钱。"

采好香菇返回老板家中，简单清洗之后，老板娘就在菜板上将香菇切片，从地里摘来的青菜已经洗净备好。烧锅、倒油、加热，往锅里放入切好的青菜和鲜香菇，翻炒、加盐、出锅，老板娘手脚麻利，没多久香菇炒青菜就装盘端了上来。

因为一个香菇炒青菜确实有点少，老板娘又给我们加了一个木耳炒鸡蛋，边炒边说："土鸡蛋应该是这种颜色才对，你们在城里吃的，肯定不会是土鸡蛋，闻闻这个味道香不香？"

是的，很香！这就是儿时记忆中炒鸡蛋的味道！这味道，溢满了这间小小的厨房。我们原本还想杀个鸡要一个肉菜，老板娘说你们就两个人，吃也吃不完，何必浪费，再说这母鸡还要用来下蛋呢！

坐着品尝饭菜的间隙，看到有一队进山的徒步爱好者路过，我们问老板和老板娘怎么不吆喝一下，老板悠悠地回答说："我们又不是专门开饭店的，在这里也住不了多久了，早晚得搬走，给人做饭随缘即可，有啥好喊的？"

听完老板一席话，感觉饭菜味更香！

临走结账，香菇炒青菜、木耳炒鸡蛋、凉拌山野菜，后来又上了一盘酸辣土豆丝，还有两大杯赠送的自酿蜂蜜李子酒，老板只开口要了 90 元。

天府寨的犬吠

牛圈沟中，有个小地方叫天府寨。天府寨有古迹，那里尚有一座古石塔，塔身分层雕琢，做工精美。天府寨也有美景，村旁有片奇特石阵，怪石形态各异，有的形似卧虎，有的形似睡狮。古迹犹存、美景虽好，但我们却另有一番发现。

天府寨只有十户人家。走过去，远远就看到一栋房屋，门前老树吐新芽，鹅黄柳叶满枝丫。这户人家的屋檐下柴火尚未烧完，厨房外的烟囱不再冒出炊烟，大门上还张贴着红红的"囍"字，院子里一树的李子花绽放得正艳，只可惜这里没人，主人已经悄然离去。这么美的地方，离开的时候得下多大的决心？

"有人吗？"我们在天府寨继续向前行走，每发现一栋房子，就会满怀期望地高喊一声，然而往往无人应答。就在快要完全失望的时候，终于听到了"汪！汪汪！汪汪汪！"几声犬吠！转到有狗叫的房屋正前面，等了好久，却只闻狗的叫声，不见主人出门来。因为这狗叫得实在厉害，而且未拴铁链，不敢太靠近，于是只好离开。土狗见人离去，逐渐停止吠叫，继续趴在门前打盹。

天府寨这十户人家中，有七八户的房子，都集中修建在山中的一块小平地上。这些人家的房子，其实都是些普通的房子，原本并没有什么特色，不过让人惊讶的是，墙上写着的那些"拆"字。

如果是老房子，反正眼看就要倒了，拆了就拆了，也就罢了，但其中几栋尚能居住的房子墙上，也同样看到了惹眼而醒目、红漆喷上的大大的"拆"字。看来等待这些房子的，也许只能是被拆掉的命运了。

保护秦岭其实就是在保护我们的生态安全屏障，除了生存之外的所有开发，其实都可以再放缓一些，回归原生态同样可以吸引游客前来，不是吗？

林间深处的婴儿车

天府寨其余三户人家，散落在四周不远处的山中、林间、河旁。

林间有一户人家，白墙黑瓦，共有三栋相互独立的房子。走近之后，才发现进院子的道路上，已经长满了荒草。不远处的屋檐下，虽然停放着一辆旧旧的婴儿学步车，但这房子明显已有许久未曾住人。

站在院内，果然看见大门紧锁，门上面的招牌，依稀可见"文莉农家小院"六个印刷字体。主人离去想必已经许久未归，但"秦琼""敬德"这两尊门神，却依旧尽职尽责地守护着山中的这栋老房子。门神年画边上，有一行小字，上面写着："北岳文艺出版社，1995 年第一次印刷，定价 1.60 元……"这张年画被印刷出来的时间，原来已有 20 多年。大门上还钉着另一块小牌子，"中国秦巴山区扶贫世界银行贷款项目户，宁陕县世行贷款项目办公室制"。他家的大门，就像一本写满了故事的历史书。

　　山里的时间和山外的时间，快慢其实是完全一样的，但山里时间给人的感觉，仿佛更慢一些。门前的老树会在春天里再次发出新芽，但离去的主人，却不知道何时才能再次回到他原来的家。

三春草木柔。花不语，鸟却在啼鸣，这里的春色正无限美好。

为了更便利的生活，我们展翅高飞，但对于故土的怀念，却会终生萦绕心间。

阡陌不移旧，邑屋或时非

——寻访芦材沟

芦材沟，两山夹着，呈西南东北走向。沟中有一条河，河水清澈透明，被标注为一级饮用水源。此沟长约十八里，徒步走到沟脑，需要近三个小时。

关于这条沟，书上只记载过两件大事：其一，芦材沟口，有一拱背桥，古称万安桥，清道光十一年（1831年）所建，结构完整、美观大方，桥头有四个石柱，柱顶均镌有"万安"二字，可惜 30 多年前，此桥毁于一场洪水，如今仅余桥墩。其二，民国三十四年（1945 年）10 月 3 日，一架编号为 316422 号的飞机，坠毁于沟内，机内有美国军人 8 人，中国军人 1 人，全部罹难。

春耕图与古梯田

阳春三月的清晨，走进芦材沟，只见沿途土地里，皆有三三两两的村人，正在弯腰劳作，沟中一派繁忙的春耕景象。春耕，即在春季播种之前耕耘土地，这个农耕时代的传统，正被我们逐渐遗忘。

河对岸的油菜花地里，一位老农正在干活，见到我们路过，便停下了手中的农活。因为隔得太远，且河中还有流水声，我们说话的声音传不过去，双方只得这样远远地相互望着。更远处，升起了一缕青烟，走近后发现，原来是有村人点燃了一小堆枯草，边上的草木灰，已被撒到地里去。

芦材沟中，一路上全是几户、十几户、几十户的小村庄：郭家沟、石梯沟口、秦家沟口、方家坪、小阳坡、大阳坡、西沟口……

往里走的这十八里路，一半硬化成了水泥路，另一半还是砂石路。砂石路开始的地方，就是郭家沟。郭家沟沟口最吸引人的，是一排一直延伸到半山腰的老房子。每个中国人，如果要拿纸笔画一栋房子，几乎都会先在纸上画出一个"人"字，再在下面画上一个"口"字。这些房子就长成这样，上面是灰黑的"人"字房顶，下面是白色的方形墙体，有着浓浓的中国味。

郭家沟有一片古梯田，想必开垦了有几十年、上百年，甚至更长的岁月。梯田约有五十来块，自上而下，顺着河道一溜儿排下来。这梯田的堡坎是用石头筑成的，那些好看的老房子，就散建在梯田旁的山坡上。老房子都贴着红对联，小院子里则杂乱堆放着各种农具。这老房子与周围这山、这树已经完全融为一体。

梯田边上，还有一条小小的河沟，河沟另一边是陡峭的山坡。这个时节，山坡上漫山遍野的树枝头，全是鹅黄的新芽。山坡脚下，竖起了一块巨大的牌子，牌子上写着梯田里种的树木名，原来是叫"香玲"的核桃树……

难舍的土地

再往前约一里的地方，是石梯沟口。这里有栋泥墙的老瓦房，建得有些怪，尤其是屋顶，前后两坡，严重不对称，前面短后面长，明显三七分。

　　这栋泥瓦老房，孤零零地矗立在这大山深处，前不着村、后不着店，形单影只。就像大多数的深山宅院一样，这房子大门上虽然有一把小锁，但应该好多年无人居住了。门上这把锁，大概只有象征意义。

　　这栋老房子边上，是一个用石头砌成的牲口圈，同样也已废弃多年。走到牲口圈边上，只见石头上已经长出了许多小小的多肉植物。人离开了，土地就是植物的天堂，这些植物会利

用每一个机会，吸收雨露，晒足阳光，繁殖生长。时光飞逝，这栋老房子的前后左右，一切已近乎归于原始的模样，恢复到最初的平静之中。

石梯沟口再往里，就是秦家沟口，只有八户人家。虽然去往这八户人家的大路，还是砂石土路，但连接这八户人家的小道，以及每户人家门口的院坝，却都已经硬化过了。

远远看见一户人家，门口的桃花、李花开得正艳，屋顶还伸出半截熏得漆黑的烟囱。这里平时应该还住着人，只是主人

今天不在家。另一户人家门口，篱笆围住的菜地里，种着油菜，空气中弥漫着油菜花香。换一个角度看过去，白色的李花，金黄的油菜花，土墙房子和老树上的喜鹊窝，勾勒出一幅柔和清新的画卷，让人不禁萌发在此终老的念头。

山中的这些房子，有不少只是"季节性居住的房子"，平时大多都空着，只有在地里有活的时候，主人才会回来。或是养几箱土蜂，或是种一些木耳，或是在秋天时收板栗……秦家沟口的这八户人家，有六户应该都是如此。

每一栋房子，虽然现在已经没人住了，但曾经都承载过主人的梦想。当初从有建房的打算到房屋最终完工，肯定也是一个充满期待的过程。如今，城镇化虽然让山里人迁离了这里，但一般不会迁太远，只是迁到交通便利的地方，所以他们照常会回到山中的老房子里来。人们最舍不得的，不是老宅就是土地。

为了更便利的生活，我们展翅高飞，但对于故土的怀念，却会终生萦绕心间。

深山里的菇农

在芦材沟方家坪的时候，我们看到一个大棚香菇种植基地，规模不小，有好几亩大。老板一家人正坐在门口，用剪刀一朵一朵地清理修剪新摘下来的香菇。所谓清理修剪，就是用剪刀把香菇脚和香菇顶小心翼翼地剪断、分开。

"老板，这香菇种得不错呀。地里菇棚这么多，您的生意做得不小呢！"

"这是小生意，挣的都是力气钱，"老板很谦虚，回应着说道，"种香菇可没你们想象的那么容易！"他是本地人，在此种香菇已经有好几年时间了，之前搭建菇棚、购买装料机、修建烘干房，光成本就投入了10多万元。

远处的菇棚是用竹子搭建的，并不是常见的标准大棚，看起来并不牢固，我们询问为什么不用标准大棚？

"竹子便宜呀！山里竹子多，就地取材，能省不少钱，可以降低一下成本。"老板介绍说，他们种的这种香菇，不是椴木香菇，而是袋料栽培的香菇，市场上的售价并不太高。晒干之后，收购价高的时候，能卖50元一斤，如今卖不起价，只能卖20多元一斤。

"算上我们一家人搭进来的人工费，几年下来，怕是会不赚反赔。"老板悠悠地说。他还告诉我们，种香菇其实真的挺辛苦，而且是靠天吃饭。就拿晒干这道程序来说，天气好的时候，可以在太阳底下直接晒干，天气不好就麻烦了，得放进烘房里烘干。这一进烘房，香菇成本就上去了。

"椴木香菇和袋料香菇的种植过程区别大吗？"我们问。

"如果用椴木作为培养基种香菇，椴木可以五年不换，而如今这种袋料栽培的香菇，差不多 5 个月就要更换一次袋子。搬来搬去，累人得很呀！"老板说。

"那两者咋区分呢？"

"椴木栽培出来的香菇，没有袋料栽培的长得匀净、好看。也就是说，那种看起来菇形不一、大小不均的反而是上品。你们没想到吧？"老板笑着说。

不问不知道，原来种植香菇这活，中间也有这么多门道。

小阳坡与大阳坡

常在秦岭走，渐渐发现了这里村庄命名的规律：一般都是以地形——沟、山、岔、凹、口、坡等——作为尾名。某地若以"坡"字结尾，则说明这里地势极佳，地处阳坡面（阴坡由于缺乏光照，一般不住人，也很少种庄稼），日照相对充足。

在芦材沟徒步约十四里后，我们就到达了小阳坡。小阳坡这个地方，人少，只有六户人家，但景色极美，就像它的名字一样灿烂。一条小溪，把小阳坡分成了东西两岸，河水清澈透明，岸边野桃花开得正艳。

东岸有两户，其中一户是泥墙老房，门口有石头墙、土蜂箱，开着红桃花、李子花。房子旁的菜地里，还种着一些蔬菜。另一户人家则锁着门，这个时间点，主人应该是外出劳作去了。

我走过去，坐在屋檐下，用相机记录下盛开的李子花，敞开心胸大口呼吸着山中春天的气息。遥望远山，一片鹅黄翠绿，此刻阳光正好，山景就像一幅淡淡的水彩画。

不远处的大阳坡，是芦材沟深处倒数第二个小村庄。这里的房前屋后，各种果树的花儿正在绽放，蒲公英铺了一地。你有多久，没有见过这样满地生长、开满黄黄小花的蒲公英了？也许上一次见它，还是在童年玩耍的山坡上。

大阳坡也只有六户人家，前两户已经无人居住，远看第三户，房门是开着的。

"请问，这里有人吗？"对着老房子，我大声询问道。

话音刚落，一个老大娘走了出来，慈眉善目。

"你们好呀！"老大娘远远地回应着。

我上前搭话，得知这里只有她和老伴两个人常住。老大娘告诉我们，这会儿她老伴刚下地干活去了。

"对了，我儿子也去了。他们在县城里住，今天是周末，带着媳妇和娃回家来看我们。要下午才回去，所以跟着他爸去地里干活去了。"老大娘说道。

老大娘拿出凳子让我们歇脚，还问我们喝不喝水。因为后面还有一段路程要走，稍作停留后，我们便辞别继续前行。老大娘说先过一竹林，再过两栋空房子，就会看到她老伴儿、儿子、儿媳，还有小孙子。

行不远，果然遇到一个老人和一个中年汉子在地里干活。旁边的小溪边，一个母亲正带着小孩子在玩耍。

"大哥你好，刚才我们在你家歇了一会儿。这地方挺不错的，你们干啥非要进城去住呀？"我们开口问中年汉子。

"娃娃要上学，这地方没学校呀！我们小时候读书那个地方，早就没老师了。不进城咋整？"中年汉子看着溪边的小孩子，话语中满是感慨和无奈。

野桃花浪漫、小溪水清澈，秦岭山色如此美好，令人神往。老人们可以坚守家园，但年轻人为了下一代的教育，总得离开这里，到城镇里去。

独居的养蜂人

徒步近三个小时后，我们终于走到了芦材沟的尽头，西沟口，这里只有两户人家。我们对着其中一户大声询问，无人应答。另一户人家，屋檐下放了十几个蜂箱，门口还有一个小凳子，虽然大门闭着，但这里一定住着人。

"你们是走进来的吗？难得呀！"果然有人，当我们在院里落脚的那一刹那，从房子后面的地里走出来一位老大爷。

"老大爷你好呀，我们是徒步旅行的，想打听一下，往里走还有没有路呀？"

"后山有路，没人引，会迷向。"老大爷回答极简。一"引"，一"迷向"，简直如古语一般古朴优美。大概只有老秦岭人，还在使用这样的词语与人交流。

既然无路可走，便停留下来与老大爷闲聊。闲聊的当口，一只彩色的蝴蝶飞了过来，停在门槛上，一动不动。门口的柴火堆里，卧着两只小猫咪，懒洋洋地晒着太阳，但目光犀利，始终十分警惕。

老大爷家屋内，陈设十分简陋，几无家具。老大爷说他姓付，已经75岁了，年轻时曾在外面待过两年。除此之外，一辈子没出过这山，也没离开过这家。前几年老伴儿去世了，如今只剩他一人独居于此。

"现在不是都让往外搬吗？您咋不下山去住？"我们问。

"住不惯！"老大爷的回答依旧简练。

临走时，在屋檐下看见一张"脱贫攻坚扶贫困难户明白卡"，扶持内容一栏写着"养蜂"二字，又想起适才见到的十几个蜂箱，猜想养蜂该是老人的主要经济来源，于是询问有没有土蜂蜜卖。

"还有一点。"老大爷走进屋里，拿出一罐蜂蜜，约有3斤。我们给了200元，老人觉得给的太多了，我们说这是土蜂蜜，值这价。老人言谢。

背着一罐蜂蜜，我们离开西沟口。回望这里，坡地上的小麦青青，麦地里星星点点还有些油菜花，远处的树木已经开始变绿，一派生机勃勃的景象。

三春草木柔。花不语，鸟却在啼鸣，这里的春色正无限美好。

既不多给，也不少给，这是我们在行走山中购买山货的原则。给多了是施舍，讨价还价又显得小气。不斤斤计较，说多少给多少，相互尊重，是我们坚持的与新朋友交往之道。

飘飘西来风，悠悠东去云

——寻访石南沟

江口镇，秦岭山中为数不多的几个回族镇之一。古时候，这里是子午道的一个必经之地和重要驿站，驻过军、屯过兵，响起过马帮商队的铃儿叮当声。

石南沟就在江口镇。沟中最热闹的时候，住着二十四户人家，其中二十二户是回族，一户是汉族，还有一户是回汉通婚的人家。这些回族居民，大多是从秦岭商洛镇安迁入的。再向前追溯回族先民的历史，又是在明代洪武、永乐年间，由于实行全国性的屯军移民制度而进入秦岭的。

回族同胞在秦岭已经生活了 600 多年，早已成为秦岭人。

夏山的青石

从西安出发，沿着 210 国道，在江口镇一个叫罗家湾的地方，看到一座简易的过河吊桥，这桥是进出石南沟的通道之一。过了桥，翻过山梁就是石南沟。

盛夏时节，我们徒步进入石南沟。一过桥，路就变得陡峭起来，海拔提升得也很快，只三五里后，回望远处 210 国道，已经变成一条细细的线，蜿蜒在脚下。

再前行不多时，在道上赶上一位回族老人，老人戴着头巾、背着背篓，正缓步向前行走。

"老大娘，您这是干吗去呢？"我们问。

"回老房子去看看。我家搬出去了，老房子还在里面。"老大娘答。

问及老大娘石南沟情况，她告诉我们说这条沟中的人家，以前都是从镇安搬过来的回民，并说这条沟因为道路不好走，进出不方便，里面住的人已经不多了。

　　辞别大娘，继续前行。转过十几个弯，道路前方忽见一条小溪，溪水极清，水流极缓，溪水之中露着几块青石，小溪两边尽是青青的草，茂盛而青翠。正午的阳光照射下，眼前这一幕油油绿绿的，柔得让人的心都快融化了。

更多如牛、如羊、如马、如狗一样的石头，则伏在道路旁边，好像奔腾着的千军万马，更像着了魔、有法力的石头精，只是不见它们抬起头来。

其实，这些石头是石南沟之前的人曾经生活过的遗迹，当年热热闹闹的场景过去了，泥砌的房子倒了，石头夯筑的地基却保留下来，而大自然的神奇力量，正在一天天缓慢地把这里还原成它最初的模样。

春山宜游，夏山宜看。夏天，是秦岭一年中最纯粹的季节，入眼的只有一种颜色，那就是生命的颜色——翠绿。万物茂盛、生机勃勃，随便寻一个地方，或一块石、一片草，你都可以仰面躺下去，感受秦岭强大而有力的心跳。

在路边的草丛和石头缝里，恍恍惚惚好像听到一阵窸窸窣窣的声响。翻开石头，小心仔细地寻找，发现下面藏了两条四脚蛇。面对山外来客，四脚蛇立即警惕起来，但没有立即逃走，黑豆一样的小眼睛，直勾勾地盯着人看，随后才移动身躯，迅速消失在草丛中。

再往里走，竹林深处、核桃树下，就是石南沟回族人家的房舍了。

"十星级文明户"

秦岭山中的房舍，其实是不会凭空出现的。只有当眼前出现了土地后，在附近几百米范围内才会随之出现房舍。土地与房舍，总是一起入眼。

就像进沟时那名回族老大娘说的那样，如今石南沟中的原住民大多搬走了，留守沟中的只有几户人家。走进一处有人居住的房子，房里走出两位回族老人来，一前一后，佝偻着背，面目慈善。

过去，按照回族同胞的生活习俗，妇女不论老少都会戴头巾，男人则戴黑色或白色平顶无檐帽，不过随着时代变化，如今在服饰方面他们已经和我们无异。

两个回族老人热情好客，但方言较重，我们只能听懂一小部分，大致是询问客从何处来，客往何处去等。我们如实相告，主人随即进屋取出两个凳子，相邀屋前休憩小坐。

四处打量两个回族老人住的这栋老房子，被大门上一块小牌子吸引住了，这是一块"十星级文明户"的牌子。这十颗星，分别对应着"爱党爱国星、诚实守信星、遵纪守法星、兴业致富星、孝老爱亲星、助人为乐星、环保卫生星、勤俭节约星、移风易俗星、文明礼貌星"。

　　要想获得这块牌子，并不是一件简单的事情。一般来讲，村里会以村民小组会议为起始，采取"一人一票"的原则，严格对照标准选举，经过公示后，才统一挂牌。这牌子虽小，却反映着一户人家的为人处世，以及在当地的社会关系和生活状态，尤其是邻里之间的口碑。这是对一户人家的最高褒奖。

　　牌子已经锈迹斑斑，看来评选是十多年前的事情了。

　　环绕老房子种下的几棵核桃树，在夏日里长得正旺，鸡蛋般大小尚未成熟的核桃挂满了枝头。不远处的菜地里，玉米、土豆，以及大葱、豆角等种了一地。秦岭物产丰富，一户人家

如果要求不高，只需略微付出一点力气，便可以获得大山的恩惠把日子过下去。

小坐休息够了，从老人口中得知，更深处尚有几户人家，于是告别继续徒步前行。站在半山腰上回望这个小地方，这个季节正值山中色彩最纯粹的时候，土地与树林、小河沟与小山坡，满眼望去除了翠绿还是翠绿，而老房子差不多已经快和周围环境融为一体。

人与自然，原本就应该这样相处。

一小铲核桃

在秦岭山中行走，除了能接触到原生态的大自然外，最大的乐趣和收获，就是可以走近普通人的生活。人与人的交往，往往才是行走时最难忘的记忆。

再往石南沟深处，遇到一个回族中年妇女和一对回族老夫妻，他们守着两栋老房子，见到我们问明来意之后，高高兴兴地邀我们去家中小坐。

我们刚坐下，那名回族妇女便转身走进屋里去，出来时手里拿着一把小铲，小铲里面盛满了几十个晒干的核桃。

"你们尝几个核桃，是我家去年打下来的，好吃得很！"

　　不分民族，秦岭山里的回族老乡很热情，完全容不得我们拒绝。
女主人一边说着话，一边已经拿出两个核桃，往手里稍微用劲
一捏，随着一声清脆的声响，两个被捏碎了壳的核桃已被递了
过来。

　　谢过主人，接过核桃，挑出核桃仁咬了一口，顿时满口的

核桃香。就在我们吃核桃时，女主人又转身进到屋里，倒了两杯茶递过来。这一番热情接待，让我们感到无比的温暖。

"沟里的人虽然搬出去了，但也会回来。山里核桃、板栗很多，秋天都会回来收！"女主人告诉我们。她说，这核桃油性大，不但好吃还香得很。因为都是手工剥皮之后，在烘房里烘干的，所以还特别脆，手都能捏碎。她打开位于房子旁的烘房，邀请我们进去看看。

临走，想到品尝了人家的核桃，又喝了人家的茶，实在是有些过意不去。于是提出想购买一些，女主人说好，进屋打开柜子，给我们称了一大袋子。

"这称旺旺的，足斤足两，一共3斤。"主人说。

"那给多少钱呢？"我们问。

"就给30元吧！"谈到钱，主人有些不好意思，羞涩地说道。

既不多给，也不少给，这是我们在行走山中购买山货的原则。给多了是施舍，讨价还价又显得小气。不斤斤计较，说多少给多少，相互尊重，是我们坚持的与新朋友的交往之道。

愉悦地完成交易，我们把核桃放进背包中，与主人挥手告别。

唯一的汉家人

沿着沟中小路徒步慢行，约三小时后，终于到达沟中最深处。石南沟最后一户人家，就住在这个海拔1600米的半山腰上。

远远望去，这一户人家的房子，就建在陡峭的山体之上，仔细聆听，好像有公鸡打鸣的声音，隐约还有羊羔咩咩的叫声。走近看，一个用原木建成的牲口圈，就搭在小路边。牲口圈下的草丛中，一只警觉的大公鸡静悄悄地藏着，鸡冠露了出来，暴露了它的位置。

而适才听到的羊羔的叫声，并不是幻听。看到生人靠近，四只小羊羔迅速从牲口圈里跑了出来，登上了对面的土坡，而牲口圈的几只大羊，明显镇定老成得多。

"有人在吗？"我们一边高声呼喊，一边慢慢地走到老房子前面去。

这户人家大门上依稀有贴过对联的痕迹，想必这就是石南沟中唯一的汉族人家了。回族有自己的传统节日，并不太注重传统的春节，所以他们没有贴春联的习惯。

和石南沟中其他的老房子一样，这栋老房也是20世纪六七十年代修建的土坯房。能看得出来当年修建房子时，主人还是下了不少功夫的，房前屋后种满了竹子和果树。李子树和桃树都挂了青果，地里的油菜花灿烂而芬芳。

听到喊声，主人急忙从屋里走了出来，而后转身又进屋取出凳子，邀请我们小憩。

"这里就我和我老伴两个人，我家也是沟里唯一一户汉族。"主人告诉我们说，石南沟走到这里就算走到底了，再往里就没人家了。

"您在这里养山羊，怎么不多养点？"想起刚才见到的羊，我们向主人打听。

"养羊不容易呀！"主人叹息道。他告诉我们说，前年他家总共养了快 100 只山羊，但丢了 10 多只，又卖掉了 80 多只，后来只留下 4 只作种。

"羊肉这么贵，一只羊就能卖不少钱，80 多只那可是一大笔钱呀！"

"价格不高呀，养羊也是有成本的，时间、人力，其实没赚到啥钱。"主人告诉我们说，儿女都在山下沟口住，他和老伴既是为了养羊，也是舍不得老房子，索性就住在山上了。他还说，住在这里挺不方便，下去一趟一个小时，上来一趟两个小时。"要是你们走，估计还得花更多时间。"

"您养的这是啥羊？"

"这叫陕南白山羊，容易饲养，肉嫩得很，很好吃。这条沟回民多，大家吃的主要就是羊肉。"

休息了约有半个小时，因为时间已不早，遂起身告别。

这时，不远处的石头堆里，突然蹿出来一只岩松鼠，远远地看着我们。这岩松鼠有一个有趣的特性，就是遇到惊扰后，会迅速逃离，奔跑一段后又常停下回头观望。

人对于故土和家园的眷恋，也和岩松鼠那习惯性的回头观望一样，是天性使然。无论身处何方，自己土生土长的地方，始终是最能让自己感到愉悦和自在的家园。

别了，岩松鼠。

别了，石南沟。

柞水这个地方，山清水秀，气候温和湿润，春、夏、秋三季，各种花卉竞相开放，布满了山野、地边、道旁，是养蜂的一块宝地。

一棵高大的核桃树下，开满了一地迷人的野花，恍如梦幻仙境。野花上面，几只蜜蜂正在花丛中嗡嗡地飞舞！

作蜜采花忙，犹带百花香

——寻访平水岔

山里人养家糊口过日子，总是因地制宜。有的种点粮食、喂点猪羊，有的靠山吃山、捡点山货，也有的养几箱蜂、收些蜂蜜。平水岔就是这样一个小村庄。这里，家家户户养土蜂，一年只割一次蜜。

平水岔与西安相距不远，开车过去，单程只需要一个半小时。探访平水岔这一天，我们走得很早，出发时长安城才刚刚苏醒，街边的早餐摊才迎来第一拨顾客。不到九点，我们就到了平水岔沟口。

知足常乐的老人家

在平水岔沟口，找到一个农家，征得对方同意，主动付了一些停车费，我们把车停到了农家院子里。然后，一行人徒步向前走，一边贪婪地呼吸着山中清新的空气，一边细细感受着秦岭春天里融融的阳光。路边有小河沟，有鸟鸣山涧，有鸡鸣犬吠。暮春时节，小河沟两边的高山上，已经是满目惹人爱的新绿。

一户农家老房子旁边，几个简陋的花盆里，不知名的花儿刚发出了嫩芽，迎着阳光生长，生机勃勃。这户人家的屋后，是一块小小的用篱笆围起来的菜地，菜地边上环绕着几棵果树。他家屋檐下面，还放着三个蜂箱。

更远处，河沟边、树林里，藏着更多寂静无声的老房子。这些老房子，每一栋都对应着一户人家，都有一个关于生存的故事。这些人家，用泥土和大大小小的石头打造家园，在修房建屋的时候，顺便种下一棵树、整出一片地、踩出一条路，然后定居于此，一代接着一代，生生不息。只是如今，主人都已从这片土地、从这栋房子走了出去……

平水岔的地貌是两山夹一川,川中有小溪流淌,村中一排排房子就修建在山脚之下。走不多远,碰到一座过河的简易小桥,桥下有潺潺流动的溪水。桥对岸的一栋房子门口,正坐着两名老人。遂至前寒暄、歇脚问路。

徒步秦岭,除了解山中风土人情之外,与生于斯长于斯的当地人进行对话和交流,这是另一种阅读秦岭的方式,也是一件非常令人快乐的事情。秦岭民风十分淳朴,村民大都热情好客。

"这么早就进山来浪了呀?"两个老人笑着对我们说。"浪"这个字,在很多地方都不是一个好字,但在秦岭陕西的地界上,这个字说的就是"逛",雅一点就是"旅游"。

"春天,天气这么好,我们进山来看看。往里走,路好走吗?"我们问道。

老人告诉我们,里面还远得很,可以一直走到四方山,不过路不好走。这个四方山,古名也叫感应山,海拔2341.4米,因山形似正方形而得名,古时山上建有铁庙一间,内有铁佛一尊。山那么高,我们确实也爬不上去。

坐下闲聊,询问老人家中情况。老人告诉我们说,他们在此已经住了一辈子,如今子女和孙辈都进城了,他们年纪大了,还是觉得老家好,懒得跟去。谈及眼下的生活,说确实有些清贫，但他们又爽朗地笑着说，你们不是说知足常乐吗？我们很开心的。看得出，两位老人脸上洋溢的幸福确实是发自内心的。

　　这对老夫妻已经干不动重体力活了，却把家中收拾得很干净，还在院子旁种上了芍药等花花草草，并在菜地里种上了不同的蔬菜。此时，恰逢豌豆开花的时节，紫色的小花娇艳欲滴。

一溜的蜂箱

　　进沟四里，看到一块招牌，上面用毛笔写了六个大字："蜂蜜，过桥端走。"

　　"端走"也是陕西话，意思就是直直地向前走。深山之中，懂得用招牌揽客，尤其是充满了陕西特色的"端"字，顿时让

人倍感亲切。

过了桥，顺着路"端直"走到尽头，两栋小房子出现在眼前。

说明来意后，主人端出板凳，邀请我们到门口坐下。这一户人家共有四口人，戴着帽子的老人是一家之主，另两人是老人的大儿子和大儿媳，此外还有一个小儿子。

老人引着我们来到房后，50多箱土蜂散乱地放在山坡上，蜂箱旁的苹果树刚开花，而不远处的樱桃树已挂上了小珠子般的青果。阳光正好，耳边传来"嗡嗡嗡"的声音，飞来飞去的土蜂，既不惧人，也不攻击人。

平水岔属于秦岭柞水县。柞水这个地方，山清水秀，气候温和湿润，春、夏、秋三季，各种花卉竞相开放，布满了山野、地边、道旁，是养蜂的一块宝地。

细看这些土蜂所住的蜂箱，均是方形的木箱子，被简单地钉在了一起，很想知道里面土蜂的巢穴长啥样，却又畏惧土蜂，怕惹怒了这小虫子，更怕它用尖尖的刺蜇人。

与老人的对话，是从那招牌上的六个字聊起的，之后得知老人原来是一名郎中，年轻时一直给人看病，在附近村中也算是一个有文化的人，难怪这揽客的招牌写得如此地道。

老郎中家里，打扫得干干净净，收拾得整整齐齐。譬如屋

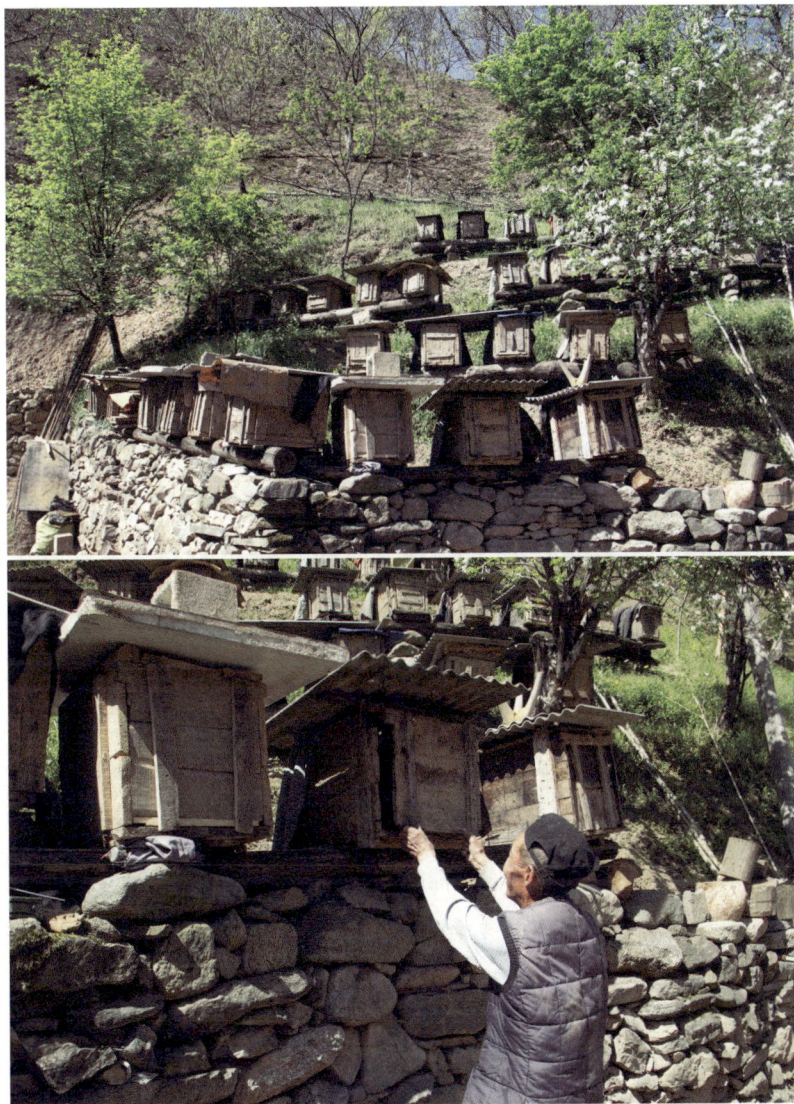

檐下的那堆柴火，断口被锯得十分齐整，放置在一起的效果，稍加整饬就好像是一件艺术品。当然主人肯定无心艺术，只是在无意间便成就了这样的效果。

老郎中引着我们上山，山上也零散放置了一些蜂箱。在这些地方，土蜂吸天地之精华，正在酿造着百花蜜。与老郎中说起一直以来的疑问，蜂箱内部蜜蜂的巢穴长啥样。对方说这有啥难，打开看看就是了。原来这蜂箱的一侧就是门，轻轻一拿，就可以打开看到里面的情况。

随后我终于得偿所愿，看到了蜂箱内部的模样。老郎中告诉我们说：秦岭山中的土蜂，和其他专门饲养的蜜蜂不一样，一年只能割一次蜜，时间大约是每年的秋末冬初之时。这么大一箱，一年也就能产 10~20 斤蜂蜜，得留一些蜜在里面，它们过冬要吃。

老郎中说他生于 1937 年，做郎中做了一辈子，养土蜂也养了一辈子，并告诉我们说，土蜂的蜂蜜是宝，蜂房也是宝，中医常用的蜂蜡就来于此，能解毒、生肌，有止痛之功效。

临走，欲购蜂蜜，又怕陈年的蜂蜜不好吃。老郎中说正宗的土蜂蜜放置十年也无妨，让我们放心食用。如此甚好，于是要了四瓶，每瓶两斤。

养蜂的传统

平水岔此地，养蜂始于何时？

史书记载：北宋开宝三年（公元 970 年），这里从汉江流域引进木箱养蜂技术。于是，从北宋开始，这里的村民家家养蜂，已成传统。这蜜蜂已经融入当地人生活之中。流行于平水岔的一首情歌如此唱道："远远望见一枝花，哥想情妹蜂想花。蜜蜂没花不成糖，哥没情妹不成家。"

继续往里走，下一个地方，我们去的是碾子坪。

进入这个七八户人家的小村子，正巧碰到一名中年妇女，手里正小心翼翼地拿着一团黑色的东西，从她头上套着的纱巾猜测，那团黑色的东西应该是蜜蜂。走近一看，果然是一窝土蜂。这个季节这个天，阳光灿烂，尚未流蜜，正是给蜜蜂分箱的好时机。

跟着中年妇女走到她家房子后面，看到有几排蜂箱，大约有 20 箱。

"我们养的都是土蜂，你们肯定也看到了，平水岔里几乎家家都养。养这种土蜂，蜂箱一般就放在自家屋檐下，或者放到附近的崖穴处。当蜂箱里的蜜蜂多起来以后，就要给它们分箱。"主人说道。

　　我们常听说蜜蜂有土蜂和意蜂之别，便向主人打听如何区分。

　　"这两种蜜蜂最大的区别在外貌上，土蜂个头小点，浑身上下都是灰黑色的，它尾巴的后半部分，虽然也有黄色环，但并不像意蜂那样明显。"

　　"养这么多土蜂，蜂蜜现在卖得又这么贵，肯定赚了不少钱吧？"我们问道。

　　"一年才割一次蜜，也赚不了多少，也就是闲着有个事

情做罢了。"主人介绍说。她告诉我们，村里能搬出去的人都搬出去了，如今养蜂的人其实也不多了，平水岔一年产不了多少蜜。

"养蜂割出来的蜜，除了偶尔会有游客买之外，一般都咋处理呀？"

"每年割完蜜，会有小商小贩进来收，除了自己留点以外，一般就都卖给他们了。"

碾子坪再往里，就是滴水崖沟口。过了滴水崖沟口，里面

叫作什字，两旁的树木越来越密，道路更是越来越难走，河道已经看不见了，只闻泉水叮咚在响。由此再往里行，不久后便已无路，更无人家了。一棵高大的核桃树下，开满了一地迷人的野花，恍如梦幻仙境。野花上面，几只蜜蜂正在花丛中嗡嗡地飞舞！

山花年年都会按照时令节气适时绽放，蜜蜂年年都会顺着花香寻觅花源，但这里的人却在逐年减少，不知养蜂的传统，还能延续多久……

清风卷起
一帘秋霁

一户人家的故事就此终结，将来这里再无传说。

"渐渐"两个字，对山里面的一切有生命和无生命的物体，都具有深刻的意义。树苗在"渐渐"中长成参天大树，岩石在"渐渐"中风化成泥沙。而老房子的砖、瓦、石、木，则在"渐渐"中垮塌、凹陷进了土地，回到初始状态。

空山新雨后，天气晚来秋

——寻访沙沟村

宁陕县广货街往南，大约四里地，路边有一块石碑，很不起眼。不过，上面有政府信息背书："子午道宁陕段（广货街段）遗址。"

这子午古道是大有来头的，开辟于商代，古时候连接着蜀地和长安。

"一骑红尘妃子笑，无人知是荔枝来。"美人杨贵妃喜食的荔枝，当年就是从这道上运到长安城的。

花开几度，岁月更替，如今此地易名叫沙沟村。

一缕青烟起

在路边农家停了车，我主动给了些停车费。然后收拾好行装，沿着古道前行。

才走几步路，就被一缕青色的烟迷住了。上午八九点钟的时候，晨光温润中的这缕烟果然是"青色"的。老祖宗不骗人，青烟就是青烟。在这烟青色里，还混合着柴木燃烧的香味。

山里刚下过雨，小溪中的水流很急，水声潺潺。不过，溪水并不浑浊，而且几乎是透明的，看得见河底的沙石。轻轻掬一捧在手，喝下去也无妨。岸边的台阶上，村人放了一溜的土蜂箱。

有人走动，村里的狗便叫了起来。大多数人入村，最怕狗咬。其实，我在秦岭山里行走了这么久，还真没被狗咬过。见了狗一不要跑，二不要打，只需站住脚步，眼睛直视它。有狗就有人，用不了多久，主人出门来吼几句，狗便会住了声，乖乖走到一边去。

广货街镇的这段子午古道上，已经几乎看不见当年的遗迹。只有这些老房子，似乎还在诉说着当年秦岭马帮、商队、旅人的传奇。这些翻山古道上，三五里，或者七八里，顶多二三十里，总会有村庄。村庄既是补给站，也是最好的指路标。

远远看到，屋檐下台阶上，一名老者正在劈柴，一副与世无争的模样。山里通公路、通高速、通高铁，差不多都是最近一二十年的事情。时间再往前推算，在这条古道上，也许还有山民背着山货去长安城的身影。

古道两旁的菜地里，村人种了一些小白菜。大清早，白菜刚从夜里醒来，此刻正油油绿绿的。撕开一片叶子，便能流出好多汁水来。山里的土地并不肥沃，平地更是极其稀少。溪流两边的土地，开垦出来后，常常用来种菜种粮。

再往前走，地里种了一大片黄豆。秦岭属于山区，地里种植的农作物，主要是玉米、土豆、黄豆。我曾在山里农家买过一些刚刚收的黄豆，回去之后打豆浆喝，味道果然比平时喝的香醇得多。

在路边看得正欢，"突突突"响起一阵声响。回头一看，一辆农用三轮车进入视野。"进山？不嫌弃的话，我拉你们一程吧？"司机热情，我们婉谢。询问对方进山干啥？"拉苞谷、捡栗子。我家老房子在息马台，地里还种了些庄稼。"

古道荒废，古道深处的人家，大多搬到了更靠近公路的地方。不过，地里的庄稼和山上的山货，还是得回去收一下。站在路边，我看到对岸山上，搭建了两个简易窝棚。那里不住人，打下来的栗球，一般会先集中放在里面。

沿途有很多栗子树。对于栗树上的栗球来说，任何轻微的扰动，都是致命的。一阵风过，熟透了的栗子或者栗球哗哗往下掉。栗子可直接捡，栗球张开嘴，里面就是成熟的栗子。轻踩一下，栗子就会滚落出来，一颗或者两三颗。

沙沟村这段子午古道，如今遗迹不存，却还是留下了两个地名：鸳鸯树、息马台。

满是乡愁的老旧房舍

沙沟村鸳鸯树，于道边见一栋老房子，看样子有些年头了。徒步行走时，每每看到这样的老旧房舍，总让人心头微微一震。一户人家的故事就此终结，将来这里再无传说。

偏房外墙上，是一个宣传栏，也是岁月在此的见证。宣传栏四周，用黄漆画了个框。上面写的字因常年日晒雨淋，竟一个也分辨不出来了。不过，从字体排列方式看，大约应该是旧时的标语，内容大概和当时的语录有关吧。

新修的入村道路，就在老房子跟前。修路时挖出的泥沙，倾倒在门口，还没完全清理干净。土堆上面，已经长出了半人多高的野草。屋檐下，两根柱子支撑着房子。屋顶的瓦片，怕是七八年都已经没有翻动过。老房后面，是一坡的栗子树。

老房正门上，挂着一把锁。门板上歪歪扭扭写有一些数字、汉字。门口的对联，还未完全褪色，主人最后一次在此过年的时间，怕是有个三五年了。门牌号是这户人家的坐标，"广货街镇－沙沟村－114"。

门边墙上还留有电线。有进线，也有出线。墙上的一块电表，应是刚装上去没多久，不过，电表的芯子还没装上。想想也是，房子都废弃成这样子了，装个电表，又有谁会用呢？从修路、通电、通自来水，到如今的移民搬迁、城镇化，山中的每个村庄，都经历了太多的故事。

老房院中长满了草，门前掩满了青藤，屋顶瓦片透着光。光影迷离，在强烈的对比之中，仿佛有一双眼睛一直注视着这里。老房子的每一个细节，尤其是一块块斑驳的墙体，都在静静地诉说着这里的故事。这栋房子矗立在这里，该有好几十年了吧？

都说房子不住烂得快，正面还勉强看得过去，侧面已经开始坍塌。夜里的一阵强风，掀开一块瓦片；冬天的一场大雪，压塌半边屋顶；雨季连绵的山雨，淋到土墙上面……就这样，因为维修不及时，老房子倒了下来，最终成为山的一部分。作为一个路人，我都情不自禁被这样的场景感染，心中有些隐隐的痛。试想在此生活了一辈子的主人，见到这样的景象时，内心该生出何等的感慨？这是老宅，更是曾经温暖的家。

　　从老房子后面看过去，这个场景更让人觉得有些心塞。杂草、灌木长了起来，比屋檐还高，一些藤本植物，顺着墙爬了上去，眼看就要把老房子完全吞噬。究竟是人在山里建了房子，还是房子从地里拔地而起的？

　　突然栗子林中传出一阵声响，一名老者拿着砍刀，从林中慢慢地走了出来。询问他忙于何事，这么大年龄，不会是在砍柴吧？

　　"锄锄草，捡捡杂物，把这里清理一下，好收栗子。"老人说，"收栗子比较费事，不收拾一下，掉下来不好捡。"抬头看，满树都是栗球。再晒上一两个日头，肯定都会裂开掉下来。

　　向老人家打听老房子的事情，回答说这原本就是他家。"修路占了，住不成了，现在搬到村口了。"老人明显有些不舍，"栗子不捡，就让野猪糟蹋了。不过捡了也卖不了多少钱，今年四五元一斤。回来就当看看房子吧！"

息马台的独居老人

　　过了鸳鸯树，就是息马台。

　　从名字上看，息马台这个地方，大致是说：走到这里，人困马乏，前面还有崇山峻岭，把货物放下，给马喂些饲料，休息一下，歇歇马吧。

在息马台，远远望见路边有一栋房舍。白墙灰瓦，极为简陋。正房有二楼高，偏房只有一层。房后面，林木茂密；头顶上，蓝天只露出一角。

走到房舍跟前，有两扇大门。这里原本应该住着两户人家。左边一户，墙上刷了白，大门开着；右边一户，露着泥墙，看样子已许久没人居住。台阶很高，是用河里捡来的石头砌成，石头的棱角，都被水磨圆磨平。屋檐下堆放着干柴火，二楼的走廊连护栏也未安装。

偏房门上贴着红对联，"平安富贵好运来，吉祥如意福星照"。即便是在如此偏僻的地方，山里人家同样有着对生活梦想的期望。偏房门前的一个脸盆里，盛放着一些叫不出名字的果籽。于是我对着房子喊："有人吗？"

清晨的阳光很强烈，敞开的大门里漆黑一片。听到我们一行人的呼喊声，不一会儿，一名老人走了出来。询问客从何处来，打听到此有何事？三言两语，几句寒暄，老人打消了戒心，放松了下来。

于是我们与老人家拉起了家常。儿子儿媳，两个孙子，都在秦岭以北的长安城打工。老房子里，如今就剩下老人一个人。

"一个人住着不怕？"

"习惯了就好，嫁到这里都快 60 年了，有啥好怕的？"

老人爱干净，手脚闲不住，虽然独居于此，房前屋后也收拾得很干净，竹篾上面晾晒着茄片。

一个陈旧的簸箕里面，正晒着满满新鲜的红色果肉。"这是刚剥下来的山茱萸，晒干了可以入药。那边盆里就是它们的籽。药是好，但种得多，也不值钱了。"

山里游客少，也许是许久没与人说过话了。我们问一句，老人往往答三五句，十分健谈。

"为何这边房子刷白了，那边没收拾一下呢？"

"我跟大儿子住这边，那边是小儿子的房子。他们不回来，回来我也不跟他们住。"

老人语气中明显有一些赌气和不悦，许是有难言之隐吧，毕竟家家都有本难念的经。说着，我的视线被一把撑开晾晒着的伞吸引，伞很旧，伞面图案明显是上个世纪的模样。画面有些沧桑感，我拿起相机准备拍摄。老人脸上扬起一丝笑意，明显高兴了一些。

"山里空气好，你们喜欢可以常来嘛。"

一块小菜地，就在老房子不远处。地里种着青萝卜，还有几棵小白菜。萝卜和白菜，恣意生长，生机盎然。在这样的深山中过日子，如果对物质要求不高，一把种子撒到地里，长出来的庄稼蔬菜，就够吃一个季节了。

我们走远了，还能看见老人的身影。

这个中秋佳节，儿孙们想必会从长安城回来看看吧？

告别那名健谈的独居老人，再往里走，沙沟村还有五六户人家。远远就望见一栋白墙红顶的小院，掩映在满山秋色中。可惜这户人家的房子在河沟对岸，看不到细节，只能想象那院子的美好。

挂满枝头的栗球

息马台作为旧时古道的一个必经点，如今却已经完全荒废。古道可以荒废，但家园却不能说没就没。人是有感情的动物，一个地方住的时间久了，就会有不舍。说走就走、异地搬迁，谈何容易。老家土里的香葱、地里的白菜吃惯了，换一个地方就不是那个味。

山是青石，水是湍急，大门口就是一条小河沟，四时流着山泉。这水，以前用打通了的竹子，如今用塑料管子，从高处引到家中来，真正的"自来水"。息马台的第四户人家，房子背靠着山。人坐在院里，能够听见溪水汩汩流淌的声响。

换一个角度从正面看过去，房屋主人的脚刚好迈出来。院子的晾衣绳上，晾晒着几件花花绿绿的衣服。大门旁的屋檐下，堆了半墙的干柴火。屋顶的瓦片，左边是灰黑的旧瓦，右边是新添的红瓦。墙很白，明显是新刷的。

时下正值栗子成熟栗球挂满枝头的季节。农家房前屋后，道路上下两边，到处都是栗子树。少数成熟了的栗球，欢快地咧开了嘴。一阵风过，浑实的栗子就一颗颗滚落下来，一不小心还会砸到路人头上。尚未成熟的栗球则挂在枝头，外面覆盖着青刺。

栗树林里，一村人正在四处查看，捡拾掉下来的栗子。野生的栗子，如果不经过嫁接，结出的栗子个头只有小指头般大小。只有经过嫁接了，长出的栗子，才会如鹌鹑蛋一样圆润饱满。这样的栗子，再经翻炒，就是香甜的糖炒栗子。

往里走，是第五户人家，靠墙的地方放着一块"药材专业合作社基地"的牌子。息马台附近的地里，都栽种着猪苓。山里人致富的办法很多，但走的弯路也不少。譬如这猪苓，前几年价格很高，大伙一窝蜂种植，但种得多了又无人收购！

养土蜂是另一条路子，家家户户都会养几箱蜜蜂。但土蜂蜜产量并不高，而且一年只能割一次蜜。蜜少，收土蜂蜜的贩子还时常压价，村民说他们一般卖四五十元一斤，就不知道贩子拿去如何处理，最终卖多少钱一斤了。

远处，巴掌大一块地里，放着种香菇和木耳的椴木。息马台这五六户人家，已经把周围可开垦的土地，全部利用起来。生存不易！

古路照人心

地图上显示，沙沟村依次有鸳鸯树、息马台、乍乍沟和小岭四个地名。村民说："息马台还有路，再往里就没路了。长了草，草很深，你们寻不着。"

要想富、先修路。不过，沙沟村的路修得有些怪。

刚入沟，道路没有硬化，还是土路，车辆勉强可以通行，但会车很难。走了两里地，经过大约七八户人家，道路突然变宽，成了新修的水泥路。路况很好，路基打得很厚，与先前的土路形成鲜明对比。道路都是一点点往里修，鲜有这种前面烂、后面好的情况，徒步秦岭这么久，还是第一次碰到。

不过，沙沟村这条新修的水泥路是寂寞的。除了村里有人

偶尔走过外，几乎没有车辆通行。一片树叶掉在路面上，慢慢
腐烂掉。再下一场雨，再刮一场风，腐烂的叶子被吹走。路面
就会留下一个树叶的"印子"。

水泥路只有四里地，路的尽头被齐齐截断。息马台最后一
户人家，就在水泥路尽头的边上。远远望见，老房子还是泥墙
瓦房，四周长了半人高的野草，屋后山大林密、树木高大。水
泥路修到这里来，这户人家成了这条路的最后受益人。

院子杂草丛生，好像已经许久没有打理过。但房门还敞开
着，门上的对联横批"新春大吉"，特别惹眼。鲜亮的红色，
成了在这一片毫无生机的景象中，唯一让人心生慰藉的地方。

我们高声喊了几声，未见有人应答。走到房子跟前，看到
了这张写有"宁陕县连心工程连心卡"的卡片，终于知道了答
案。户主姓白，类别低保。这是一户只剩下一个人的山里人家。

"你们从哪里来？来做啥子？"屋后面走出一个老人。

三言两语，寒暄过后，老人相邀坐下，与我们闲聊起来。
我们问及沙沟村的入村路，为何只修了后面的四里，反而没修
前面的二里呢？

"唉！说起来都怪沟口那几户人家，非要我们后面这个组
给他们补占地款，补果树款，否则就不让修。谈不拢，修不成。

就差两里地了。出门还得一脚泥！"

　　沙沟村的这条道，属于子午古道。路是古路，但人心不古，乡里乡亲也明算账。沟中后面这几户，出门路便永远留下了这两里土路。

　　难忘的野食

　　息马台再往里，是一条小河沟，深处就是已经无人居住的乍乍沟和小岭了。村民说，之前大约住着十来户人家，如今子午古道被废掉，他们全都搬到了城里去，或者国道旁。

　　秦岭深处，草繁林密，道路被盖住。一栋栋曾经燃起过炊烟的老房子，一点点深陷到草木之中，一如人到了暮暮垂年。

　　荒废的老屋柴门上，已经长出一些青苔，藤本植物慢慢攀爬上来。一边是生命力旺盛的青藤，一边是被砍后做成柴门的干木，这是新生命与旧生命的一场约会。青藤慢慢碰到柴门，一点点努力向前生长，穿过木板间的缝隙，最后竟渐渐缠绕在一起。

　　"渐渐"两个字，对山里面的一切有生命和无生命的物体，都具有深刻的意义。树苗在"渐渐"中长成参天大树，岩石在"渐渐"中风化成泥沙。而老房子的砖、瓦、石、木，则在"渐渐"中垮塌、凹陷进了土地，回到初始状态。

流淌着山泉的小河沟就横亘在眼前，再往里已无路可走。时间正巧是午饭时刻，决定借此福地洞天，做一锅好饭好菜。

走到小河沟边，打一锅水，淘干净米。找一块石头，且当餐桌。装上炉头，点上一个户外专用气罐。米饭就在这口高压锅中，慢慢被焖熟。在户外做一锅米饭，关键得有一口好锅。重量要轻、导热性要好，还得安全。

菜就简单得多了。把各种菜切碎成条、成丁、成片，放在一起。打开一个红烧肉罐头，倒入一包榨菜，小火慢慢焖熟即可。仅仅这样一锅米饭和一份简单的菜，就需要携带高压锅、菜锅各一口，气罐、炉头各一个，还有一包米、一包菜，以及碗筷等，起码得一个人负重。

秦岭里的野食虽然简单，却实在是香。在山中干净的空气里，高压锅中的饭香弥漫开来，诱人食欲。锅里的胡萝卜、小白菜煮熟后，浇上一层香甜的肉汁，那味道令人满口生津。

其实这个季节进山也可以偷懒，只带上一口锅和气罐，采摘些坚果，煮点捡来的栗子吃。虽然几乎每棵栗子树都有主，但总会有村民采摘后漏网的栗子。细心刨开枯枝黄叶，捡上几十个绝对没问题。

路边有下雨时形成的一个积水池，此时已经完全干涸。池底的泥巴晒干，撕裂出一条条裂痕。泥块有正方形、长方形、梯形、三角形……大自然鬼斧神工，造物主肯定精通几何。泥巴上，藤本植物开始向前爬，草籽发芽长得正旺。

徒步沙沟村，看了些老房子，听了些村里事，最难忘的就是吃了顿自己做的饭。野食之乐，乐在山水之间。

抹抹嘴、摸摸吃得滚圆的肚皮，收拾好行装，继续上路。

几百年来，这棵七叶树见证了多少王朝的兴衰更替，看过了多少世间的离合悲欢。

苍苍谷中树，冬夏常如兹

——寻访乔家沟

据史料记载，乔家沟曾为秦岭古代著名的子午道江口段的一部分。翻过沟脑的鸡公梁，就可以到达旬阳坝。

如今乔家沟有五个院子，还住着六户人家，沟脑有两棵数百年树龄的七叶树。

忙碌的身影

从沟口往里走两里，就是乔家沟第一个院子。

第一户人家房子建得很阔，正房前面有两个偏房，围合成一个院子。老房边上，玉米刚掰完。老房后面，半山都是翠竹，林木葱郁，绿意盎然。

时值初秋，阳光正好。

勤快的主人，拉好晾衣绳，在绳上晾晒着被子和衣物。

院子硬化过了，平平整整，干干净净。一个堆放柴火或是存放农具的窝棚顶上，爬满了南瓜藤。虽已值初秋，但南瓜还在继续开花、结果。细细数了一下，视线所及，有六七个南瓜，个头不一、有青有黄。深绿色的瓜藤爬在灰黑色的瓦片上，营造出一种温馨幸福的感觉。

见有陌生人走动，一只小狗蹦蹦跳跳地从花盆后面跑了出来，假装愤怒地咬叫着。

房前有一条小河沟，河里的水很清。秦岭山沟里的水，终年不断，但由于落差大，流得很急，里面一般没有小鱼小虾。主人用石头和枯枝，筑了一个简易堤坝，坝上就有了一汪水。一群鸭鹅，总共九只，正悠闲地浮在水面上，见人来，也开始仰着脖子叫了起来。

听见声响，主人从老房子里走出来。看到我们，寒暄了三两句，知道我们只是随便走走，便转身进院回屋去了，留下一个背影。金黄的玉米，彩色的被单，杂而不乱的生活用具，特别是这忙里忙外的身影，让人顿生家的感觉，十分温暖。

二三十米之外，院子上面不远处，就是乔家沟第二户人家。

这一户靠着路边。房子并不大，明显小了一些。屋檐下，晒着几十个玉米棒子。乔家沟这地方，土地并不肥沃，这些玉米的个头都很小。

一直想知道，每一个玉米棒子大概会有多少粒？拿起一个，静下心来仔细数了数。终于发现，这种个头的玉米，每个上面有 200 到 250 颗玉米粒儿。

第二户人家正面，一切都十分简陋。让人眼前一亮的是房子旁的山坡上，隐隐约约藏了几十个蜂箱。好多人吃了一辈子的蜂蜜，都是假的，真正的蜂蜜，醇香甘甜，入口即化，眼前这户农家肯定就有。

如何分辨蜂蜜的真假？其实也很简单。真蜂蜜是绝对有花香味的，哪怕很淡，而且真蜂蜜的颜色不会那么纯的，看着怎么都不会那么透亮。

竹林里的老屋

竹林老屋，这是乔家沟第三户。

三根竹子、两面土墙，以及一山的青翠，勾勒出一个温馨的山中家园。

院子里种着花，一人多高，开得正艳。屋檐下杂乱放着农具，有背篓，有木桶。一门两窗的房子虽然简陋，对联门神却都贴着。屋后面的竹林，紧紧压着下面的老屋，差不多完全盖住了屋顶。

乔家沟也就六户人家，邻里都是熟人。远远见到有两个老乡，都戴着草帽，大路上碰到了，正你一言我一语，拉些家常、道些闲话。这一幕，在外人看来，仿佛就是交响乐《黄河大合唱》第五乐章《河边对口曲》中，张老三与王老七的对唱。

两个老乡身后，有一堆竹子。

秦岭南坡，安康、商洛的山里农家，家家户户都有种竹子的习惯。这竹，细细长长、瘦瘦纤纤，可以搭棚子，也可以编笼子。他们身后的这几百根竹子，大约是去年砍下来的，已经用过一次，有些发黄，此刻回收了正依靠着树堆放着。

土地边、田埂上，南瓜藤上结满了瓜。初秋的时候，南瓜已熟，泛着金黄，特别显眼。果实和庄稼成熟后的颜色，往往都是饱满艳丽的，金黄、火红、葱绿，特别夸张。这种颜色，让人觉得踏实，让人感觉幸福，让人体会到了生命的美好。

抬头看，柿子树上，一个枝头挂了六个柿子。这柿子只泛着一点黄，还没完全成熟。待到深秋初冬的季节，山里就是柿子的天下。那时候，满树的叶子都掉了，只有柿子牢牢地挂在枝头。到处都是枯黄，它却像挂着一树漂亮的红灯笼。

不远处，一大块玉米地已经收割完毕。玉米地旁边，用白色的塑料围了一圈篱笆。

"挡野猪用的。野猪多得很，天一黑就出来了。有大有小，成群结队。不能打，吃玉米。"见我们盯着远处看，刚才戴着草帽说话的一名老乡说道，口气中充满了对野猪这种国家二级保护动物的无奈。

玉米地旁边，是一地即将成熟的黄豆，叶子都已经开始泛黄了。我特别喜欢秋天进山，山中尽是收获的画面——饱满的果实、收获的喜悦，农耕时代的一季丰收，意味着未来半年甚至一年都可以食而无忧了。肚子不饿，就是生活。

野生的中华猕猴桃

再往前，右边是一条小溪，溪水清澈，叮叮咚咚。左侧是一条水泥路，去年新修的，路边有两栋老房子。这是乔家沟第四户人家，虽然还没看见人，不过已隐隐听到了人声，听到了狗叫。走近后，看见一妇人正蹲坐在地上搓洗衣服，一男子站在旁边。

"你们哪儿的？找矿吗？"

　　大山里面，人与人之间的问候，往往都有较强的"实用性"，停留在"有用"这个层面，很难用"旅游"这种"审美"词汇来回应。于是便应道："进山来玩，顺便看看能不能买一些山货。"

　　土墙根，两块粗大的木头盖在一起，里面有嗡嗡嗡的声音，是主人养的几箱土蜂。

　　"今年割蜜了没？有新鲜的蜂蜜吗？"找话头聊天，是与村民拉近距离的好办法，话题可以是入眼的任何物事。

　　"还没割咧，要等菊花开的时候才能割！"

　　撮箕里，是被剥了籽的辣椒皮。种子虽然很容易获取，但山里人还是喜欢留些种。"产量低一些，样子不好看，但味道不一样，香！"

　　从高处往低处看乔家沟第四户，玉米秆地里，屋顶只露出了矮矮的一角，剩下几片瓦、一面墙。视野中尽是青山，松树、栗树长满山坡。门前是小河沟，屋后是大青山，老房周边有几亩地，这是一户典型的秦岭山中农家，也是隐居者梦寐以求的归宿。

　　距离房子不远处，路边放着一个背篓。背篓也叫背笕，这种常见的农具，是道路崎岖、狭窄多险、挑担不方便的山区运输物品的重要工具。房前屋后的那片茂林修竹，可不是用来审美的，种竹是为着实用，家家户户都要用它编背篼、撮箕、簸箕、筛子、箩篼……

走近一点，背篓里盛放着好多鸡蛋般大小的猕猴桃。据说世界上大多数的猕猴桃，原产地都是中国。这种水果经过人

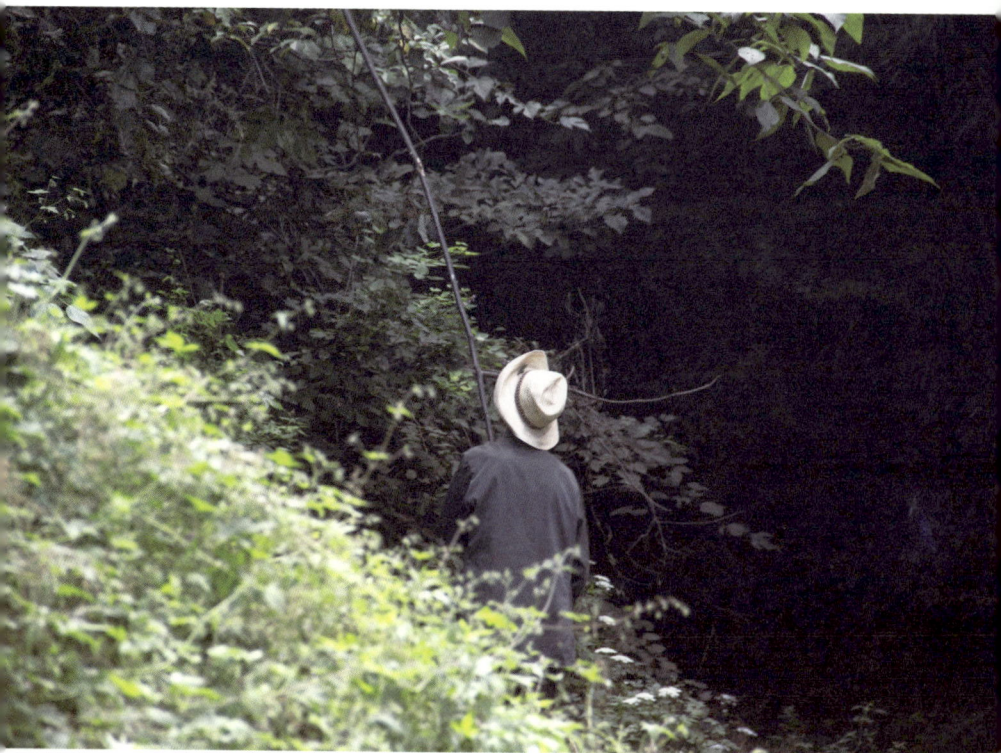

工选育品种，如今有了另一个名字——奇异果。不过，如果说营养价值最高、口感最好的，还是秦岭山中这些野生的中华猕猴桃。

小河沟下面，一个村民正拿着一根长长的杆子，伸到高高的树丛中，小心翼翼地采摘着猕猴桃。猕猴桃对于山里农家来说，是收入的一个重要来源。但野生的猕猴桃虽然好吃，却因为个小卖不上价，一般也就三五元一斤，或者更便宜。

抬头看树梢，枝头尽是猕猴桃的鲜果，藏得都很深。读过一本书，书上说我们远古的祖先，生活得比如今幸福得多，其中重要的一点就是，每天能吃到的食物非常丰富，单单水果就有几十种。不知道猕猴桃是不是其中之一。

打栗子的父子俩

远远看见山洼里又有一户农家。

"汪——汪汪——"，几声清脆的狗叫声响起。屋顶上，飘出一缕炊烟。这房子建得不错，虽不是碧瓦朱甍、层楼叠榭，但在这深山里，也算得上是大户人家了。房前是一小片玉米地，屋后是半山青翠的竹林。

疾步向上走，来到老房子跟前。两个男人，一老一少，应

该是父子俩，正坐在小凳子上，用棒槌打着栗子。地上，铺了满满一地栗球。

"早上刚捡的。现在野猪多，不及时捡，都让野猪糟蹋了。"一边说着，两人一边用棒槌轻轻拍打栗球，栗子一颗颗滚落出来。

墙角的簸箕里，已经打出来好些新鲜栗子。

问："一年能收多少斤？"

答："今年因为倒春寒，栗子歉收了，收成没往年好，大概能收一千多斤吧。"

问："一斤能卖多少钱？"

答："一般四五元一斤。但我们这里太偏僻，路远，贩子都不愿意进来收，得运到江口镇去卖。"

江口镇距此大约有四十里地。山路弯弯，运送栗子，大多靠摩托车。

"一趟也就能拉百十斤左右，一去一回成本就上去了。"长安城寒冷的夜里，糖炒栗子可以卖到二三十元一斤，不过对于山里人来说，鲜栗子只能卖到这个价了。种植、采摘、存储、销售，都有成本。价格上不去，有时候不赚反赔。怪不得一路走来，道路上零零散散掉落的栗子，都无人捡拾。

"来，尝两颗。山里没啥，不缺栗子，到处都有。"老人热情，用双手捧起一捧栗子递给我们，我们连声谢谢。

"人兴财旺年年好，鸿运家昌步步高"，对联颜色很鲜艳，上面的字很大。大门口地上，有几个玉米、两个板凳和三个老黄瓜，还有一些随意放置的竹制农具。屋檐下，原本应该是挂着一串玉米，不过全都被摘了下来，只留下白色的苞叶。

老房子门口，已经全部硬化过，一大截木头，被做成一个木墩子放在那里。也许主人累了的时候，时常坐在上面休息，又或者把它当着小桌子使用。现在，木墩子上面正盖着一个竹筛子，里面的东西，也许是怕鸡啄了去吧。连日阴雨，木墩子上居然长出了菌类。

窗户旁边，今年新收的玉米已经捆扎好，被悬挂在了屋檐下。这一幕，对主人来说，也许只是在储存粮食。但对于路人来说，这一串金黄却有了美学含义。

如今政策好，乔家沟虽然只有六户，不过道路还是硬化到了每家每户大门口。由于几乎没有车来，所以这水泥路面，在秋季就成了晒场。剥下来的玉米，捡拾回来的栗子，地里刚挖出来的天麻，都被摆在大路上晒着。

徒步秦岭，四季景色不同。春天是百花香，夏天林木青翠茂盛，秋天则处处是丰收，处处洋溢着收获的喜悦。玉米棒子和玉米粒随意铺在地上，晒干后磨成细细的籽粒，放到大锅里用柴火煮成玉米糊糊，那味道可以让人享受一个冬天。

远处，白云就横在沟口的山头。趁着天气好，主人要抓紧打栗子、晒玉米。

我们辞别，继续往里走。

玉米金黄，味蕾碰撞

这是乔家沟最后一户。院里晒着玉米，门口停放着摩托车，屋顶烟囱被熏得黢黑，房子旁立着电线杆。在山洼洼里看到这户人家时，我们决定就在此地点火生炉子、埋锅造午饭，顺便小憩一下。

房子旁边，都是开垦出来种庄稼的地。这个时节，正是玉米成熟的时候。玉米棒子已经被主人掰了下来，玉米秆还没来得及砍倒。院子前面，有两个电视卫星信号接收器。山里冷寂，只有鸟叫虫鸣，看电视是夜里消磨时间的方法之一。

玉米地里，原本藏着几只正在啄食虫子的土鸡。发现有人路过，它们迅速扭着屁股向前跑去。秦岭山大沟深，如今虽然都修通了水泥道路，但进城买点东西，还是挺远挺不方便的。

所以山里人家大多会喂几只鸡、养几只鸭，尽量自给自足过日子。

一辆农用拖拉机停靠在院子里，看样子已经许久没有开动了。对于一个山里人家来说，这算是个大物件了。拖拉机旁边，新收的玉米棒子铺满一地。刚才还在远处的时候，这片金黄就吸引住了我们的目光。

屋檐下堆放的上百片老瓦片，都是使用最原始的方式制成的。风里雨里雪里，鸟粪烈日藓苔，山里的每一天，老屋都会被一点点侵蚀。隔上几年，屋顶的瓦片就需要翻动一下。漏了雨的地方，也必须及时补一补。

听见门口有人走动，主人便从房子里走了出来。这深山老林的地方，很少有陌生人来往。得知我们打算在此做饭，主人热情接待。搬出几条板凳，邀请我们坐下休息。征得主人许可，趁着做饭的间歇，走进老房子里头。此时房屋内外的光线，对比十分强烈，刚进房子时眼前一片漆黑。稍微缓了一会儿后，从大门看出去，茂林修竹、赏心悦目。

厨房里，一个老人正在忙碌地准备着一家人的午饭。这是中秋节前一天，镇上的小学放假了，老人的孙子跟着父母回到了山里。老人拿出一块猪心，正忙着切片，打算爆炒了给家人吃。灶上米饭已经蒸熟，饭香溢满整个屋子。

生活就是柴米油盐酱醋茶，山里山外、中国外国，世界各地都一样。

老房子边上，用竹子搭建了一个瓜棚，瓜棚上爬满了南瓜藤。正房边上，还有几间关牲口的圈。因为不住人，房子建得低矮。屋檐下堆放着干柴火。秦岭山里的人家，取暖生火还是用最原始的办法。没有天然气，没有煤块儿。房子附近，遍地都是枯枝，不捡来烧掉，就都会自然腐烂。

吃过午饭后，主人告诉我们：往山里再走二十分钟左右，有一棵八百多年的七叶树，两三人都抱不过来，既然来都来了，可以过去看看。秦岭虽大，但古树其实并不多，尤其是这种几百年的古木，难得一遇。

古老的七叶树

辞别主人入深山，遇到了第一个路标——牛栏。村民在沟里放养着几头黄牛。

过了牛栏，两旁都是陡峭的山，不过视野却开阔起来，眼前出现一大片高山草地。草地尽头有一个岔口。一直记着主人的话，碰到岔口往左走。

山中寂静，偶尔有鸟叫，或者几声虫鸣。过了牛栏又一二里后，五六头黄牛跳将出来。它们把我们吓了一跳，我们估计也把它们吓了更大一跳。你看这两头黄牛的眼神，五味杂陈，充满了疑惑、不解、迷茫、惊喜……这一幕，令人禁不住想起"意行偶到无人处，惊起山禽我亦惊"的意境来。

快到山梁顶的时候，远远看到两棵大树，在山间的一片洼地里生长着，树上贴有红牌子。让人惊喜的是，居然有两棵古树。古树生长之所，环境真是得天独厚。虽然位于山洼洼里面，但是阳光却很充分，土壤明显比别处要肥沃，地理位置更是无可挑剔。

第一棵树，树干略微小一些，不过也需要两三人才能合抱。一米八的汉子站在它身边，一点也不显眼。"保护古树名木，共建美好宁陕。树名：七叶树；编号：323；管护人：该树所在地的护林员；树龄：500 年……"这个牌子，由宁陕县林业局2015 年 1 月 1 日背书。七叶树是自带光环的神树，相传释迦牟尼在娑罗树林里涅槃，这娑罗树就是七叶树。

紧挨着的，是另一棵七叶树。这一棵，明显更大一些，更粗一些。叶茂根深、树影婆娑，正值壮年、生机盎然，相信再活一千年也不成问题。古树树干并不直，短粗，像一个巨大的

矮冬瓜，顶上分为好多枝。可谓因祸得福呀，如果高大挺拔，估计早被伐作长安城宫殿的柱椽了。树身上也有一块标识牌，除了指出这棵古树的保护级别为Ⅰ级外，还清楚地标明了树龄，其余的树名、管护人等信息，均和前面那棵树一致。

这棵树的树龄，大约八百七十年。彼时，刚好是 12 世纪，欧洲处于中世纪末期，文艺还未复兴，正是基督教国家的黄金时代；日本的平氏和源氏，正在交替统治；宋高宗赵构"建炎南渡"后，中国进入了南宋时代……几百年来，这棵七叶树见证了多少王朝的兴衰更替，看过了多少人世间的离合悲欢。几百年前，是否也有一位行人像我一样，闭着眼睛，抚摸着古树，感受着扑面而来的时间的气息。

人与家禽家畜，形成一种共生关系，相互依偎着过日子。这种共生，不但停留在物质层面，有时候甚至延续到了精神层面。

目光所见的一切，这些物品的摆放位置，可能昨天如此、今天如此、明天亦如此。

有人已经走了，有人继续留着，有人在离开与留守间做着艰难的抉择。

玉米挂前墙，跃跃灿鲜黄

——寻访玉皇殿沟

从江口镇去新铺村，有两条路可以走。

一条是翻山梁，经过傅家沟、七里矼、三里矼；另一条是沿河沟，过三关、张家院子、竹山村、新铺子。

两条路一样远，都是二三十里。玉皇殿沟，就在新铺村。

一个人的家

在江口离开 210 国道，翻山越岭在梁上行车，大约二十六里地后，就到了新铺村。

"以前条件很苦，下一趟山，要花两个多小时。要是遇到下雨，根本下不来。"

玉皇殿沟，也叫朱家老屋场。进沟的小道就在路边，典型的羊肠小道，要不是提前打听过，谁也不会相信，沿着这样的路走进去，里面还有七八户人家。

老乡说了，玉皇殿沟的水泥路肯定不会再修了，毕竟里面人太少。

说真的，如果不是看到有电线杆子，我也许就放弃寻找这个村子了。通电这事，真得感谢国家电网，把电输送到这样的深山里，政治意义远远大于经济意义。毕竟，山里的一家人，一年也用不了一百度电。

沿着小道走了大约一二里地，远远就看到有一户农家。

两个小房子，一个刷了白，另一个还是土墙房。大门上的对联还没褪色，看样子应该还住着人。不过，当我走近这栋老房子时，却发现入户的小径杂草丛生，没有鸡鸣犬吠，周围很安静，只有脚踩在枯草上的沙沙声。

查阅资料发现，政府的易地扶贫搬迁工程，已经把新铺村的这些山里人家，统统搬到了210国道旁。新建的小区，有幼儿园，有小学、中学，山里人最头疼的孩子上学问题，得到了圆满解决。

老房果然紧锁着门，门牌上写着："江口回族镇 – 新铺村 –89"。大门左边，斜靠着一双旧式的解放鞋；大门右边，一墙的柴火堆放得整整齐齐。

大门旁边的"扶贫签约服务公示牌"上面有主人的姓名，家庭人口数一栏写着阿拉伯数字"1"。公示牌上的落款时间，是 2018 年 1 月。

看来，这里还是有人住的，主人也许只是外出干活去了。门前的院子里，种了好多香葱。一个人，这么多葱，肯定是吃不完的。拿出去卖掉吧，这里太偏僻了，全部卖掉都不够路费。实在是想不出来，这些葱能用来干啥？

香葱旁边，还种了不少卷心菜。卷心菜是秦岭山区做腌菜的主要用料，等到天气再凉一些的时候，把它们切碎了腌起来，冬天即可捞出来拌饭吃。但一个人，又能吃多少呢？

繁忙的日子

循着羊肠小道继续往里走，玉皇殿沟深处，转过一个大弯，在山洼里居然发现一栋老房子。远远望去，指甲盖大小的两片屋顶，完全掩映在绿树青山里。于此地，无论朝哪一个方向看，城市都在数百公里之外。

真的有些意外。

有狗！老屋附近的山坡草地里，卧着一条灰白色的土狗。两耳竖直、双目无光、无声无息，长得有点像狼。根据常年行走山中的经验，这种狗可不是善类，是会咬人的。于是止步，不敢前行。

"没事，别怕，拴着呢！"主人喊道。

女主人手里提着一个塑料桶，这时刻恰好从屋里走出来。

我仔细看了看狗，果然被一条锈迹斑斑的铁链子拴着呢。

"咬人吧？"

"是，咬过几个人，所以把它拴起来了。"

不只咬人，还咬过几个人！我暗自庆幸，躲过了一劫。

走到院子里，打量着这栋老屋。是几十年前修建的土墙房子，正房一门一窗，里面应该只有两间房。左侧堆放着柴火，看来是一个柴房，右侧像是后来补建的，大约是厨房吧。因为靠着山，院子反而比房子高出一个台阶。

院子旁边，晾晒着今年刚下来的山货。一簸箕核桃，两簸

箕栗子。

"今年栗子'瞎了',开花的时候有'白雨',核桃也不好。"——"瞎了"是说收成不好,"白雨"是暴雨、冰雹的意思。

女主人边说着边提着桶,往猪圈走去。大肥猪见到了桶,"嗷嗷"地在圈里乱转。这头猪可真不小,有近两百斤重。秦岭虽然是山区,但如今仍然用这种传统方式养猪的山民其实并不多。

"每天都要喂,累人得很哪。"

一阵寒暄之后,他们家的情况,便了解了个大概。男主人67岁,女主人年轻一点,也已64岁了。他们虽然有儿有女,但女儿嫁人了,儿子又做了上门女婿,并不常回来,这里只有两个老人常住。有些心酸,不提也罢。

男主人拿出喷雾器,准备背着去地里干活。

"有虫,得打一下。"

生活的每一天,对于自给自足的山民来说,并不都是幸福的日子,有时也繁忙而辛苦。

这一户虽然只有两个老人,但养着一头猪、一条狗,还有一黑一黄两只狸花猫。那只棕黄色的猫咪,正坐在玉米苞叶堆前面,斜视着人,颜色几乎和背景融为一体了。

在这寂静的秦岭山中,人与家禽家畜,形成一种共生关系,相互依偎着过日子。这种共生，不仅停留在物质层面，有时甚至延续到了精神层面。譬如，这些家猫家狗，早已是一户人家的家庭成员，在主人孤独时给予他们慰藉。

屋后是一块庄稼地，此刻地里的玉米已收割完毕。边上有一条小河沟，水清澈而明亮，在青石上流淌。岸边，是一大丛青翠的竹林，长得很密，有些都压在了河沟上面。这里很安静，偶尔只有小动物跑过的声音，或者草丛里虫子发出的声响。

老树枯枝，远山寂静。两个老人，坚守着家园。

一棵成精的茄子

竹林尽头，是玉皇殿沟第三户人家。

房子位置很好，建在向阳的山坡上，就是有些过于简陋。住这种房子的人，大多上了年纪。无力翻修，也不愿翻修。人生剩余的时间，唯愿在老宅里度过。

院子前的石头缝里，种了一棵茄子。因为土壤贫瘠，肥力不足，长得很瘦小。不过，这棵弱小的茄苗上，却结了一个壮实的茄子，让人不由得感叹生命的顽强。

打量老房，一堆木板、原木，沿着墙根靠着。挨着木板的，还有一把废弃了的犁，主人也许已经犁不动地了。墙根还有一箱土蜂，一把扫帚，以及好些小白菜。

门前屋檐下的竹竿上，挂着几十个玉米棒子。悬挂着的撮箕中，也晾晒着十来个玉米。从玉米个头的大小来看，今年并没有丰收。秦岭山中，每一粒粮食都很珍贵，尤其是以前人多地少的时候。不过现在好些，毕竟人少了，留守老人吃不了多少。

大门上着锁，主人并不在家。从这个角度看过去，院子边上的菜地里种满了蔬菜，屋檐下堆满了杂物，背篓被随意地放在地上。目光所见的一切，这些物品的摆放位置，可能昨天如此、今天如此、明天亦如此。在这里，时间的流逝也就只是昼夜交

替而已。

　　房子前后，见不到任何一个字。只在大门上的横梁上，贴了两块门牌。一块上面写着"沙坪乡 – 新铺村 –84"，另一块上面写着"江口回族镇 – 新铺村 –95"。沙坪乡并入江口镇，那是 2001 年的事情，时间已经过去 18 年。

　　边上的地里，种着魔芋。新铺村在秦岭南坡腹地，政府给当地人提供的脱贫致富路中，有一条就是把目光聚焦山林，种植林下魔芋。魔芋本就生长于山林，林下栽种，让它重回原始的生活环境，确实是个不错的主意。

　　主人不在，停留片刻，随即离开。沿着小径前行，左边是一棵魔芋，远处还有许多辣椒。有的已是红椒，有的还是青椒。右边还有一棵茄子，结了一大两小三个茄子。这种因地制宜的种地方式，十分古朴。

　　走远了，回头再看这栋老房子，几乎完全被秦岭的青山绿树吞噬了。

　　我常在秦岭南坡的村庄行走，有朋友建议顺便写写这些地方的历史典故。历史和典故向来都是高宅大院人家的事情，这样的小宅小院庄稼户，又能有什么可记录的历史呢？记下他们消亡前最后的模样，其实也挺好。

透着几许落寞的碓窝子

目光延伸至远处，有栋老房，就像从地里长出来的一样。

老核桃树已经掉光了叶，只留下满树细小的枯枝，静待来年苍翠。一人多高的玉米秆立在地里，叶子从上到下正在慢慢枯黄。隐约见窗户前挂着玉米，这玉皇殿沟的第四户人家，有人。

主人已经从屋里走出，站在墙根前等着。山里人少，来的陌生人更少，无论认不认识，来者都被当成客人。院子边上，先前狂吠不止的土狗，此刻已经安静下来。见狗的样子有些老，问有几岁了？

"三四岁了，这其实不是我家的狗，是别人家的。"

中国农村的熟人社会里，狗是可以邻里几家人共享的，至少在防卫层面。

"家里有几口人呀？"

"两个，还有我爸，在屋里呢。"

不用多问，想必主人的父亲已是行动不便，否则一定会出来招呼的。

台阶上的小簸箕里，晒着一筐老豆角，两筐红辣椒，以及一筐玉米。今年玉米歉收，玉米棒子大都个头偏小。高产的品种，一个棒子上可以有700多粒玉米。而筐子里面的这些玉米，少的估计只有几十粒，多的应该也不超过 300 粒。

　　墙根下，还有一个碓窝子。看来许久未用，蒙着灰尘，透着几许落寞。

　　"不通电那阵，舂米舂谷全靠它了。用这个累得死人，还是用电方便些。"

　　绕到老屋后面，堆放着一墙的农具和杂物。两个背篓倒扣着，几个方形的簸箕斜靠着墙。这个画面虽然普通，但如果把色调想象成黑白的，说它是 30 年前甚至百年前拍摄的，怕是也没有人会怀疑。时间在这里留下的痕迹，很少，很少。近处有一棵木瓜，挂了七八个果。木瓜可是好东西，色黄而香。秦岭南坡的人家，常常蒸煮或蜜渍后食用。如果摘几个放在车里，可做天然的芳香剂，小半年也有香。

　　离去的时候，主人站在院子里，遥相目送。我们站在低处，仰看这栋老屋，远远致意。愿主人卧躺家中的老父亲，隔日也能出来瞧瞧这秋高气爽。

活泛的山民

　　前方，是第五户人家。

　　主人年龄大不了我们多少，是一个老哥。他家房子很破，塌了一间，只剩下一半了。

　　"我有新房的，政府盖的，搬迁安置房，在江口镇国道那边，60 多平米。"

　　老哥人很健谈，玉皇殿沟的一草一木、每户人家，他都知道。

　　"那房子不是白给的，我也交了一些钱。不过住在那里也有问题，关键是没得事情做，挣不来钱，只能干坐着！"

老哥对搬迁这事没意见，但对如何生活却有些顾虑。

"在这里好点，人自由些，可以搞点养殖，种点庄稼，多多少少有些收入。"

老哥父母都不在了，家就剩下一间房子。土炕土灶、杂物遍地，中间放了一个火炉子，吃住全在里面。应邀坐进屋里，细细听他讲述这里的故事。

"这条沟就八九户人家，人不多，偏得很……"

房门上，贴着一张当地林业局颁发的护林员聘书，原来老哥是护林员，叫丁正坤。秦岭山大沟深，腹地林木茂盛，政府的林业精准扶贫方案里，有一条就是把贫困人口转化为生态护林员。

"一年有 7000 块钱，差不多每个月 600 块，还不错。"

老哥是个活泛人，闲不住，不但当上了护林员，还在山中搞起了各种山地养殖。

"事多得很，每天都从天亮忙到天黑，歇不下来。"

我们说，冬天没事干，总可以下山吧?

"土蜂得有人看呀！冬天你不管它，熊下来给你搬走了咋整?"

远处河沟边，屋后山坡上，老哥总共养了四十多箱土蜂。

"技术是去乔家沟学的，就是你们刚才说的那地方。"聊天聊到了一起去，老哥话更多了，"去年割了100多斤蜜，都被村里的合作社收了，每斤40元。他们拿去还要加工、提纯，然后才卖。"

秦岭的土蜂蜜，初次收购价是每斤40元。后期还会进行简单处理，加上二转手、三转手，看来，低于这个价格的都不是纯正土蜂蜜了。我们想尝尝土蜂蜜啥味道。

"今年还没割呢，还要等一段时间，你们下回再来嘛！"

老屋子旁边的窝棚里，散养着几十只土鸡，白的、黑的、栗色的都有。这些鸡吃的是虫子，栖息的是树杈，我看已经不是土鸡，说是野鸡更妥一些。我们问鸡蛋价格咋样？有没有现成的？

"土鸡蛋一块五一个，有贩子专门来收。前几天刚收过，现在家里没了。"

老哥指着远处的山上说，他还养了六十多只山羊。暗暗为他算了笔账，每只羊市价大约1000块，这可是不少的一笔钱呢。

"地方这么偏，你咋往外卖呢？"

"羊贩子要羊的话，会给我打电话，他们直接过来拉，不用我送出去！"

突然看见门口卧着一条狗，就是在前一户人家那里见到的那只。一问，原来这是老哥家的狗。心里纳闷，它是什么时候跟着我们一起回来的？

屋连屋的三家人

老丁对我们说，玉皇殿沟最里面，还有人住。

"三家人咧，住在一起的，不过只剩两户了。我带你们去看！"

走了没多久，小径尽头，抬头望去，一栋老房子，就在半山腰上。算起来，这是第六、第七和第八户人家。

院子里，正晒着玉米苞叶。如今啥都可以变现，这苞叶可以用来编织工艺品，也许有人收购吧。这一户人家的房子比先前看到的更破旧。看得出来，这老房建的时候就很粗糙。门牌号上显示，这里是"江口回族镇－新铺村－93"。台阶旁有一个卫星接收器，看来主人晚上还能看上电视。屋檐下，有两箱土蜂。

　　墙上挂满了玉米，粗略估算了一下，应该有几千个。这些玉米，该是好几亩地的产量，一个人是种不了这么多地的。人在山里过日子，下多少力流多少汗，就有多少收成。这户人家能种这么多玉米，说明人很勤快，而且家中肯定不止一个壮劳力。

"这家两口子都在家，子女进城打工去了。"

老丁嘴快，我们还没问，他已经主动说了。就在这当口，女主人放下手中的活，微笑着从屋里走出来，顺手还从簸箕里捧起一大捧栗子，递过来给我们吃。

"吃两颗嘛，晒了好几天了，已经开始变甜了。"新鲜的栗子需要晒一晒，糖分才会析出来，口感才会变甜。

"这么多玉米，吃得完吗？咋卖？"谢过主人的栗子，问起玉米的行情。

"哪能吃这么多，大多用来当饲料，喂牲口了。也拿出去卖，不过卖不上价，还不到一块钱一斤。"

今年夏天山里旱了一阵，玉米收成不好。不过这户人家的玉米，品相已经算很好了。男主人埋着头，正在忙着捆玉米，双手十分利索。玉米被挑选出来，十几个被拴在一块儿。

"要不要试试，不过你们肯定干不来，有技巧的。"

其实秘密就在这根拴玉米的"绳子"上。这根绳子，不是普通的绳子，它是秦岭生长的一种特殊藤条，叫作葛藤。每到这个季节，家家户户都会从山林中砍一些回来，用小刀劈成两半。可以直接用来捆东西，非常结实、耐用。

"为什么要把玉米挂起来呀？"

"挂起来好呀，不占地方，想用的时候，拿也方便。"男主人不紧不慢地回答着我们，"还干得快，通风好，不容易发霉，保存的时间长一些。"

想起老丁说这里原来住着三户人家，但我们明明只看到一栋房子，于是向主人打听。

"原来是三户，都穷，就把房子修在一起，屋连屋，每家几间房。现在只剩下两户有人住了。"门口墙上，有两块电表，一块读数显示"19.02"度，另一块读数显示"237.49"度。

隔壁的那一户，是一个独居的回族老人。我们闲聊的时候，他已从屋里走出来晒玉米。对方不说话，我们也不便多问。

"那还有另一户呢？"

"他们全家都打工去了，房子闲了好几年，已经不回来住了！"男主人回答道……

有人已经走了，有人继续留着，有人在离开与留守间做着艰难的抉择。

抬头看，白云清淡，在头顶的天空中，缓缓飘过。

时光寂静、岁月轻柔。

有口饭吃，有杯茶饮，住在这深山中，坐看春华秋实，平静地过完一生。

能够居住在自己先辈修建的房屋中，是人世间多么难得的一件事情。

纪年犹古法，衣裳无新制

——寻访腰竹沟

这里有偏远贫苦的辛酸，一栋老房子的正反两面，映照出两个完全不同的世界。

这里有风雨同舟的温暖，一位风烛残年的母亲，与两个单身的老儿子，静守着山中老屋的静谧时光。

这里有时间停流的年代感，一位 70 多岁的老人，还在使用"干支纪年"计算时间……

这里，名叫腰竹沟。

吐丝迎客的蜘蛛

腰竹沟，沟深 4 公里，住着 24 户人家，共 89 人。

入沟之后，几声犬吠遥遥传来。两三户人家的老屋，完全掩映在林木之中。这是秋色渐浓的时节，房子对岸河沟边的几棵乔木，叶子开始有了颜色，有红有紫、有黄有绿，恣意地染着群山。思量腰竹沟这地名，此地应该盛产箭竹。山民常把齐腰深的箭竹，叫作"腰竹"，沟名许是来源于此。

地里的莲花白长得很健康，叶子厚厚实实，都朝天立着。几乎每一棵莲花白上面，都会有几个虫眼。有虫眼的蔬菜，其实才是最好的蔬菜。城里超市里那些好看不长虫的蔬菜，大概都没少打农药。

十多棵茄子，和野草野菜厮混在一起。这些茄子被种下之后，应该就没有被人料理过，完全处于自生自灭状态。不过，茄子都挂了果，而且还没有被摘掉。仔细数了数，共有 12 个茄子，其中 7 个都老了，茄皮变成了黄色。

腰竹沟这几十户人家，之前属于宁陕县丰富乡，如今划归给了宁陕县广货街镇北沟村。

"以前去一趟广货街，有 80 多公里山路。前几年开凿了一条翻山捷径，现在坐车只要半个多小时。"村民给我们介绍说。

腰竹沟很偏僻，入沟的路还是土路。沟里正在把土路铺成水泥路，才开工三天，铺了不到 300 米。修路是大事，村民这一会儿都聚在路边看修路。

"三米五宽，下回你们来的时候，可以把车直接开进来了！"老乡热情地说，脸上满是喜悦。七八辆农用拖拉机，正一趟趟地运送着混凝土。水泥路从腰竹沟最深处开始往外铺设，村民说要赶在今年冬季到来前完工。

入沟四里后，路边出现一栋老房子。

这老房子一半屋顶盖了新瓦，瓦是砖红色，一看就是新工艺制成的，另一半还是灰黑的旧瓦。老式的瓦片一般都是泥土烧制而成，新瓦则是用水泥做的。制瓦是个传统技术活，会的匠人已经不多了。

转到房子正面，这房建得不错，敞亮得很。纯木结构，看来已经有些年月了。用来支撑屋顶的柱子都是原木，地基则是石头的，横梁为木板。

"有人吗？"大声喊了几下，不见有人应答。

靠着柱子放着一背篓的老黄瓜、老茄子，都是自然成熟的。

山中地里的蔬菜瓜果，一般是吃不完的。吃不完就任它自然生长，好用来留种。

主人不在家，无法打听详细情况。大门上有一张"防汛迁安明白卡"，上面记下了这户人家的基本情况。户主姓岳，40岁了，与父母、弟弟住在一起。除了妻子外，应该还有两个子女。所以这一户人家显示有七口人。这是一个大家庭，在秦岭山中很少见。

在屋檐下停留的间隙，一只蜘蛛从房顶吐了一条丝，慢慢滑下来。蜘蛛吐的丝，有些有黏性，专用来捕食，有些则没有。

这一根丝线，显然不是为了捕获昆虫，所以并不黏。我在想，人无疑是房子的主人。那这蜘蛛呢，它不也是房子的主人吗？

站在远处看这栋老房子，屋顶半顶新瓦、半顶老瓦，虽然有些别扭，但这就是生活。将就着、凑合着，新三年、旧三年，谁家的日子不是这样呢？

山中老房的两面

入沟五里，腰竹沟深处，右侧山脚下，看到一户人家，院子收拾得很干净，墙都刷了白，上面还有两个方形装饰物，一个上面写着"勤为本，劳动人家日子红火"，另一个则写着"一念慈祥，可以酝酿两间和气；寸心洁白，可以昭垂百代清芬"，大门和门框都换了新的，地脚还有整齐的墙砖，屋檐还吊了顶。

换个角度看，偏房背靠着山，山上是栗树、栎树、青冈树。屋檐台阶上，晾晒的玉米看起来长得不好，个头有大有小，颗粒并不饱满。蹲在墙脚边近看，才发现墙砖是假的。原来这并不是真砖，是画出来的假砖。

簸箕里盛放的是菜籽。种植油菜要求土层深厚，这山里明显并不适合。这些菜籽已经有些发霉，抓起来掂量了一下，分量不重，轻轻的。仔细看看，除了黑色外，还有一些黄色的。

这两种菜籽无太大区别，黄菜籽榨出的油色更好看一些，但出油率低，而黑菜籽出油率则高一点。

房子边上的木篱笆上，南瓜藤已经枯萎，两个老南瓜还挂在藤上面。秦岭山中的土地，虽然并不肥沃，却不会亏待侍弄它的人。你丢一颗种子到地里，遇见了土壤，遇见了雨水，温度适宜的时候，种子就会发芽、生长，开花，尽最大的力气，长出果实来，就像这两个老南瓜。

另一边看起来略有些黄绿色的菜地里，种的都是胡萝卜。菜地给人的感觉，是温暖而甜蜜的。山里人家并不富有，大多生活在温饱边缘。这种生存状态下的人们，每天开门的第一件事，就是"关心粮食和蔬菜"。当然，这里并不存在海子诗歌里的浪漫。

就譬如这些木桩。对那些有闲情逸致的人来说，完全可以细细打磨，做成座椅、凳子，做成烛台、灯座，做成猫样、狗样，尽情在一截枯木中施展才华。但对山民来说，木桩只有一个用处，一板斧砍下去，一把火烧起来。这柴火经烧，能够带来温暖！

转到后面，这栋老房子却显示出了截然不同的面貌。目之所及，是简陋的土坯墙、灰黑的老屋顶，瓦片上还长着青苔，像无人居住的废弃房屋一般。房子的正反两面，完全是两个世界。我不禁想到，生活中的很多事物不也是这样吗？温暖美好的背后，可能有着不为人知的辛酸。

在老房附近的小径上，一条花蛇迎面游了过来，着实吓人一跳。所幸听到我们的脚步声后，它也止住不前。定睛一看，这是一条赤链蛇。据说，秦岭大约有 32 种蛇，其中毒蛇 7 种，无毒蛇 25 种。这赤链蛇就属于有毒，但毒性不是很强的品种。蛇，有无毒性，其实都挺令人害怕的。

主人不在家，不便久留，又怕蛇，我们便继续前行。走远后，回头再看，老房子形单影只。

给孙女养的大公鸡

腰竹沟是掌状结构，沟中还有很多分岔，前边这一户就在其中一个分岔深处。

这户人家户主姓白，有四口人，已到风烛残年的老母，如今都已是单身的两个儿子，以及大儿子的女儿。女儿不在家，在几十公里外的江口镇打工。走进院子里，几大串金黄的玉米棒子，以及一大堆连着茎秆的黄豆，被悬挂、堆放在屋檐下。山中的日子就是这样，秋季时映入眼帘的全是收获的景色。

"厨内菜肴皆可口，房中茶饭尽称心"，这副被贴在厨房门上的红对联，写尽了秦岭山里农家最朴实的愿望：有口饭吃，有杯茶饮，住在这深山中，坐看春华秋实，平静地过完一生。这生活的意境，亦是多少人的追求？

探访这一户人家的时候，老大娘的两个儿子都到沟里修路去了，只有她一人在家。问清客人来意之后，便搬出小板凳邀我们歇息。我听不明白大娘的陕南话，但能感受到她对来客的毫无戒备。充满善意、内心单纯的人才会给与别人如此的信任吧。

"今年收了有六七百斤栗子，价格四块多一斤。"见这户人家"扶贫连心卡"上，主要经济收入一栏写着"板栗"二字，于是便询问今年收成。"就剩这点了，是给在江口的孙女留着的，回头给她送过去。"大娘指了指篮子里的板栗，然后捧了一大捧递给我们。

山里人实诚，热情好客。知道老大娘留下的栗子有用，也不便提出购买，于是从递上的栗子中，捡了两三个品尝。"多吃几个嘛，别不好意思。"见我们腼腆，老大娘更显热情，一再把手中的栗子递过来，让我们一定要多吃几个。

老屋边上的竹林几乎盖住了屋顶，竹叶在秋天里仍然郁郁葱葱。

两只大公鸡，从鸡舍里溜达出来。浅一脚、深一脚，走得小心翼翼。"孙女让我给她养的，总共五只呢。"

"公鸡公鸡真美丽，大红冠子花外衣。油亮脖子金黄脚，要比漂亮我第一。"眼前这一幕，让人禁不住想起儿歌中的旋律。

一块石磨的上扇被悬挂在墙上，磨眼已长出青苔，想必是许久未用。科技在山里的传播速度，远远不及城市来得快。电被发明出来这么久了，电力取代人力，在山里也就是最近十多年的事。而城里已经普及的手机信号，山里还时有时无。但是，能住在这么静谧的地方，与亲人为伴，那些物质的不便利，就显得那么微不足道。

"不知有汉，无论魏晋"

再走，里面还有一栋老房，掩映在竹林中。

这栋房子必是有些岁月了。台阶是石块砌成的，石头缝里甚至长出了些花花草草。屋檐下，竹篮、柴火、铲子，各种生活用具被摆放在一起，散乱却有序。

"这房子我小时候就有了，不晓得是哪个老辈子建的。"

男主人已经70多岁了，面善，说起话来笑眯眯的。他话中的"老辈子"指的就是长辈、先辈。能够居住在自己先辈修建的房屋中，是人世间多么难得的一件事情。

大门边，有一张手写的二十四节气图。图上，干支纪年显示是戊戌年，对应公元纪年正好是 2018 年。

"这是您自己写的二十四节气图吗？您用它来干什么呢？"

"是的，我自己写的，用来计算时间的，搞农业生产用。"男主人回应道。

"这些节气的具体时间，您是怎么算出来的呢？"

"我以前读过几年书，二十四节气有规律，我自己算一下就知道的。"

仍然使用这么传统的纪年方式，真像是真实版的"不知有汉，无论魏晋"，不过也许这只是主人原有的习惯而已。

院里有四只公鸡，冠大体健、毛色鲜亮。其中三只，正在啄食着盆里的食物。而另外一只，则背对着人，凝视着远处。虽然家里来了生人，但这几只鸡毫不惊恐，一点都不怕人。该

吃吃、该喝喝，十分镇定、仙气十足。

山中小雨，在最后一户人家停留了很久。聊着不久，女主人也从厨房里走出来了。

当夫妻俩渐渐老去的时候，家庭主心骨时常发生变化。老太太往往变得强势，说一不二。老头子则不再倔强，反倒温和而谦卑。这户人家的男主人和女主人，就给我们留下了这样的印象。

我们在一边喝茶，佝偻着背的男主人，正在厨房门口与女主人商量着事。

墙上挂着一个布娃娃。布娃娃很陈旧，样式是许多年前流行的，身上穿着的衣服，已经出现了几个破洞。也许是多次清洗造成的，也许仅仅是无情的岁月留下的印迹。

这是孙辈们的玩具吗？还是觉得好看，便悬挂在大门旁墙上？

屋檐下，一只大公鸡踩翻了盛放食物的碗，玉米粒撒了一地。但它依旧低着脑袋啄食着玉米粒，仔细挑着拣着，仿佛玉米粒与玉米粒之间，也有好坏之别。它有足够的时间和耐心，慢悠悠地吃完地上的食物。城里的快节奏生活，特别是职场中做每件事情都有的最后期限，并不会出现在依旧处于农耕时代的山中。

　　厨房门口，撮箕里放着几样普通得不能再普通的蔬菜。西红柿、豆角、老南瓜、茄子，还有一棵葱。色彩并不浓烈，画面却充满了温暖，宛如一幅静物写生画。

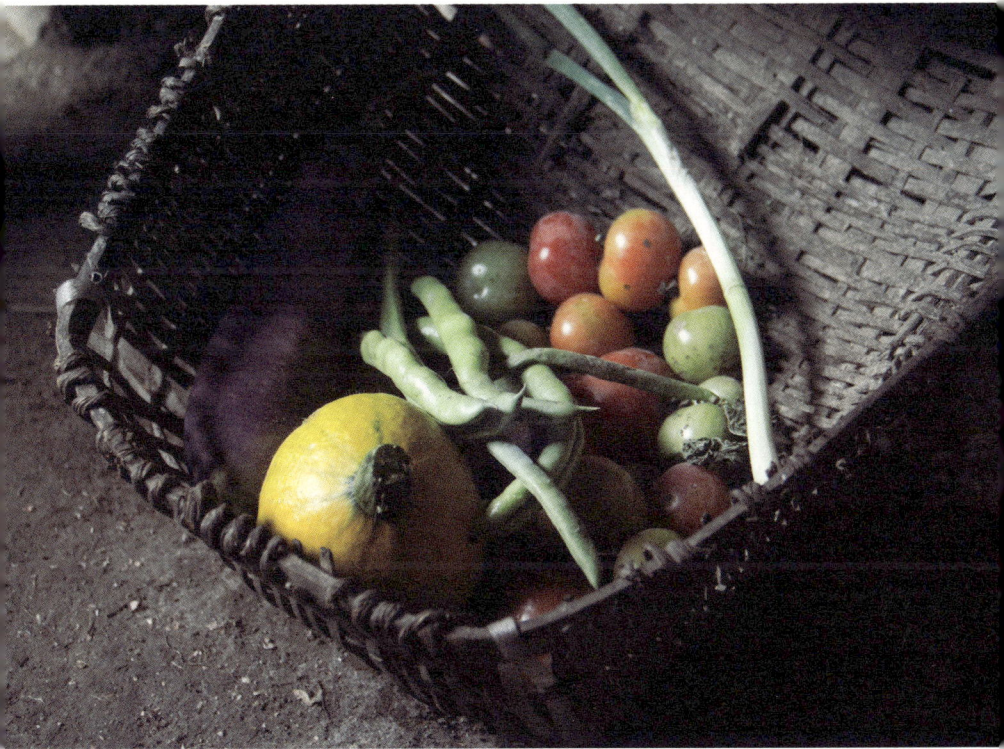

"这有啥好拍的？都是些破瓜烂菜嘛。"

女主人见我把镜头对准了菜篮子，笑着对我说道。

厨房里面，灶头上正煮着两锅生豆浆。我不会做豆腐，不知道锅里是否已经点卤。"要不要吃一碗豆花？"我们婉谢了女主人的盛情。徒步秦岭，探访农家，尽量不给主人添麻烦。当然，实在盛情难却，也会赠送一些随身带的小礼品以示感谢。

退出散发着豆香的厨房，看见靠墙放着的一块网状木板。

"这是做什么用的呀？"

"自己做的洗衣板嘛，你没看见上面的字？"

仔细打量了一下，手柄处歪歪扭扭地写了"洗衣板我"四个大字。

"娃儿写在上面的。他就喜欢刻刻画画。到处都写着字。"女主人说。

男主人每年都会坚持写一张使用民国纪年的二十四节气图，他的孩子又会制作带文字说明的洗衣板，这是一户多么热爱生活的山里人家呀！

主人还养了三只猫，我们说话的间隙，其中一只正蹑手蹑脚，准备叼走我们丢给它的馍。

堂屋篮子里，装满了辣椒。农家房舍，简陋破旧，让人略有冰冷之感。但这辣椒的红色，却给人暖暖的味道。篮子里的每一个辣椒，都被主人小心翼翼地摘掉了辣椒把。

　　山里下着小雨，时大时小。雨停之后，与主人道别。走到路上，回望老屋，正好与屋檐下目送我们离去的女主人目光相遇。腰竹沟的下一拨访客，会在多久之后访问这里呢？

一个中国人，成年后无论走得多远，只要脚踩进了庄稼地，就会有回家的感觉，就会涌出许多关于故土往昔的记忆。

山下稻粱肥，鸡栖半掩扉

——寻访冷水沟

　　从长安城出发，沿着 210 国道向南行进，入沣峪口，翻分水岭，过广货街，大约三个小时后，就能到达江口镇，从这里再往前走七里，就是冷水沟。

偶遇的稻田

　　刚入冷水沟，心情就大好。

这里视野很开阔，三五户、十来户的人家，顺着河流，集中坐落在两岸。冷水沟是一条典型的"V"字形山沟，沟底河道宽阔，河水四季不断。河道两岸地势平坦，有许多平整出来的农田。村人的房舍，就点缀在这些农田中间。

河里的水很清澈，流水汩汩，看得见河底的泥沙和青石。两岸都是树，有乔木也有灌木，河边还长着青草。秦岭南坡的这些河流，流经山间，最终都会汇入旬河，在旬阳县进入汉江，成为长江水系的一部分。

入沟后不久，在一个叫条沟口的地方，看到了稻田。近处的水稻已收割完毕，远处的还没来得及收割。南稻北麦，徒步秦岭这么久，还是第一次碰到这么一大片水稻。同行的朋友是北方人，自幼在长安城里长大，是第一次看到水稻实物，兴奋得一下车就跑到稻田里去了。

田里，刚刚收割完毕的水稻，稻秆被齐齐割了下来，捆扎在一块儿，晾晒在一边。作为一个南方人，我对水稻再熟悉不过了。不过上大学、工作之后，就再也没有机会在收获的季节，回到过家乡。这稻田里的味道，既熟悉又陌生，触发着童年的记忆。

稻田的土壤还未完全晒干，脚踩上去，湿湿潮潮、软绵

绵的。这种土壤还有一个学名，叫作水稻土——因种植水稻长期淹水而形成，地下水位适中，水肥状况良好，多分布在海拔1000米以下的山间谷地。

农耕文明给人的感觉就是踏实。一个中国人，成年后无论走得多远，只要脚踩进了庄稼地，就会有回家的感觉，就会涌出许多关于故土往昔的记忆。

我俯下身子趴在田埂上，抬头往上看，只见稻穗垂下，金黄饱满。这是收割水稻的季节，真想拿一把镰刀，弯着腰一镰一镰地把这些水稻割倒，再用双手紧紧地捏着稻秆，猛烈地把稻穗撞击在拌斗的仓板内壁，两重三轻，把稻谷一粒粒打下来。这个过程，南方的稻农称之为"搭谷子"。

我喜欢在秋天徒步秦岭南坡，不仅是因为这时候色彩丰富景色很美，更是因为这是收获的季节。用双手去轻抚庄稼的时候，仿佛能够感受到食物的美好，以及它带给人的喜悦。

下田角与上田角

过条沟口，再继续往里走，地图上显示这里叫下田角、上田角。地名很唯美，颇有古韵。道路沿着河流修建，路边是三三两两、七七八八好看的老房舍。一座简易吊桥，就搭建在河上。停了车，站在吊桥上拍照，脚下踩不实，身子摇摇晃晃的。

一老者见我们在拍照，主动凑过来搭话：

"过来玩呀？你们来对了，这里可是好地方。"

"有什么好看的东西呢？"

"你知道这河里有什么不？河里有金子呢，大的比米粒还大。还有娃娃鱼，我们 80 年代捉过一次，捉了 300 多公斤出来……"

冷水沟沟中的这条河，属于旬河上游支流。据当地县志记载，河里确实有细粒砂金矿和野生大鲵，大鲵也就是娃娃鱼，老者并没有胡说。不过，我们既不是找矿的，也不是来捉鱼的，我们只是走走看看，对岸边老房子的兴趣更大一些。

吊桥对面，是一大片农田。地里种的玉米，大都已经收割了，只剩下黄豆。山跟前，住了七八户人家。远远看去，门前都坐着人。这些房子建得很不错，外墙和屋顶，看起来都进行

过美化和整修。在秦岭山中，相对于那些单家独户的地方来说，冷水沟算是大村子了。此地距离最近的城镇江口镇，虽然只有十五六里地，但却没有被开发，房子还是旧时样。

近处这一栋房子，略低于路面。站在路上，就可以看见房顶。这房顶的瓦是新瓦，想必是新盖上去的。数了数，房顶约75列瓦，每列约60块，再考虑样式是仰合瓦，假设阴坡和阳坡等比例的话，那么整栋房用瓦在两万块左右。

瓦房，是中国传统民居建筑，有着浓郁的中国味儿，体现着一种素雅、厚朴、宁静之美，是民俗文化的载体。我特意查了些资料，补了些关于瓦房的知识。譬如，房顶的坡度其实很有讲究：北方瓦房房顶坡度得适中，一般不超过45度；南方因雨水多，坡度应该较北方大些才行。

继续向前，另一户装了铁栅栏，想必经济相对宽裕。院子里、屋檐下都是新收的玉米棒子。玉米棒子个头一致，今年秦岭别的地方都旱了一阵儿，玉米歉收，这条沟看来没受到影响。院子边儿种了很多花，这个季节开得正艳。

下田角、上田角，有山有水有土地，都是好风水。不过，论及各户风水，远处山脚下的这一户人家，应是独占鳌头。背靠大青山，门前有良田，一河沟水绕着田缓缓流淌。居住于此

处的人，甚是有福气呀！

集天地灵气的小宅小院

过了下田角、上田角，里面就是田湾、核桃坪、关帝庙、老屋场、四集堂等。

道路依然很好，行车、会车都没有问题。路两边，都是房舍。沟里的小宅小院，虽然没有城里的高楼大厦那么气派，却有家的感觉。譬如远处这一栋老屋，完全掩映在繁茂的林木之中。墙是白色的墙，瓦是灰黑的瓦。山里没有污染，空气是通透的。屋顶一尘不染，道路也没有尘土。灌木、乔木，野草、蔬菜，针叶林、阔叶林，混合在一起。在这样的环境里，看什么都觉得顺眼、称心。

沟内的阳坡面，住的人家明显多一些。这十多户的房子紧挨在一起，鳞次栉比、错落有致。中国传统的居住习惯里，人和人是要住在一起的，这样村庄才有生气。城镇化虽然把人强制性聚到一个小区里去，但结果却是左邻右舍老死不相往来，令人唏嘘。

城里的房子和农村的房子，都是用差不多的材料建起来的，无非是水泥、砖瓦、木头等等。房子价格原本不应有太大的区

别，但由于学区等附加因素，最终有了天壤之别。其实，房子是用来住的。门前就是土地，屋后就是青山。人住在这样的地方，文艺一点，可以说是"集天地之灵气，吸日月之精华"，不也挺好？！

继续前行，近处是一大片叶子还未变黄的黄豆，那些绿叶下都藏着颗粒饱满的果实。黄豆地边上是一片篱笆，在土地和庄稼之间插上这样的篱笆，可以避免鸡鸭鹅的骚扰。远处有四栋房子，新盖的二层小楼、翻新的土墙老房，院里还停着车。冷水沟非但不冷，反而还挺热闹。

"睡不着眯着"的小猫

入冷水沟二十四里，就是冷水沟村卫生室。此地已是秦岭腹地，几无游客。你瞧，村人烧火做饭的简易锅灶，都摆放到了路边。干柴着了火，炊烟就升了起来。一条白狗见了人，惊得都忘记了本职，不知咬叫。路边，一个妇人静静地看着来客。

这几栋低矮的老房子，是村里原来的卫生室。墙上的小黑板上，是卫生室的健康教育宣传栏。门前有四个石墩，像是老房子的石地基。房门旁，宣传标语"一人参军全家光荣"很引人注目。稍微抬头向上，屋檐下还有两个高音喇叭，里面仿佛传出村长的声音——"请到村里来开会"。

　　老房子门前及周边，都被打扫得很干净。白墙和墙角线是新刷的，灰瓦和烟囱却有了些年月。边上，两只橙黄色的老母鸡，紧紧地挨在一起，静悄悄地啄食着竹篾上的虫子。样子小心翼翼，估计平日里被公鸡欺负惯了，一副逆来顺受的模样。鸡的世界里，也有江湖。

　　这里人少，安静得很。远处的木篱笆上，两只花白相间的"中华田园猫"，懒洋洋地卧着。想起一句话，"穷忍着，

富耐着，睡不着眯着"。这两只小猫的模样，简直就是对"睡不着眯着"的最好解释。

人类和动物相似相通的地方也真是不少呢。

墙角已经弃用的旧风簸上，搭建了一个猫窝，一只漂亮的土猫卧在上面。山里的猫咪，可不是城里的宠物猫。夜里逮耗子，白天掏鸟蛋，调皮而灵动。你看着它，它也看着你；你不动，它亦不动。我不养猫，但却喜欢上了这只猫。

细看这猫，果然是漂亮：背部毛色为鲭鱼纹，腹部白色；

鼻子长而直，鼻头呈砖红色；头部六角形，像被修整过的宝石；耳朵大小适中，基本向正前方打开；特别是那双金色的眼睛，形如杏核，大而闪亮。

　　刚想走近了与它亲密接触，不料它转身一跃，钻进老屋躲起来。猫也怕生人啊。这世上并非人人爱猫，也有人仇猫。特

别是猫交配时的那夜夜嚎叫，叫很多人厌恶不已。相传曾有一老和尚，为其叫声所扰，不能入定，便作了一首好玩的诗："春叫猫儿猫叫春，看它越叫越来神。老僧亦有猫儿意，不敢人前叫一声。"

　　视线转到老卫生室旁。那里新修了一个二层小楼，小楼很

好看，村里的新卫生室就在里面。

这几年，山里的政策很好，精准扶贫、城乡对口支援及"光明扶贫工程"等工程，让城里大医院的医生和设备，有机会来到偏僻的山村。这个新卫生室，就是城里一家大医院援建的。

把好设备运进来不难，援建也很容易到位，但年轻人要走出大山的脚步谁能止得住，冷水沟这样的田园生活还能存在多久？以后谁还会去住山脚、种水稻，养那种白天眯着、夜晚会捉耗子的猫咪呢？

唯有柿树
挂灯笼

这是一碗有温度的洋芋糍粑！

日高人渴漫思茶

——寻访关山村

叶染秋色，将落未落，又到了一年中的深秋。山的最深处、沟的最里面，怪石嶙峋、溪流潺潺，秦岭最美丽的一面，渐渐呈现出来。探访关山村的时候，就是这样一个季节。

秦地无闲草

两边是山，中间是小河沟，道路修得很好，但我们还是决定停车，从马家坪徒步进入关山村。

把车停在马家坪路边的一个大院子里。一个村民告诉我们，这里原本住有十来户人家，可惜现在年轻人大多到外面打工去了，于是这个院子的房子大多都空着。他还说，这房的墙是去年统一刷白的，而旁边若隐若现的土墙，才是原本的模样。土墙上，隐约还可以看见"毛主席万岁"五个大字。村民说这里原来是村里的集体牛棚，这字是以前公社时期留下来的。

房子背后，有一块"柞水县西川乡马家坪村卫生室"的门牌，被丢弃在养兔子的圈边，红十字依旧鲜亮，但这些汉字

对应的组织，早已成为历史。

看我们对老标语、老门牌感兴趣，村民颇为自豪地告诉我们说，马家坪这地方虽然没啥看的，但里面的关山村可出过大人物，是一个神医，周总理都接见过。

村民口中说的这个神医，就是全国知名的传奇草医骨科专家，王家成。

据说，王家成一家世代以农为生，其父因给地主当长工，跌崖成残，于是年幼的王家成，只得挑起家庭生活的重担。他干活时两次摔断右臂和腕骨，因无钱治疗，右肘终生弯曲畸形。两代人的苦难遭遇和艰苦经历，使他下定决心要学治骨伤。秦地无闲草，自古多名医。于是，王家成18岁时开始拜师学医，踏青山、步莽林，涉水攀崖、披星戴月，闻味尝性、寻找草药，终于掌握了秦岭近百种草药的特异性能和用法，开始医伤治病，却不索取任何报酬，从此誉满全县。

后来，王家成受聘为县医院骨科大夫，研制出治疗骨伤有奇效的草药，"龙藤须片"和"马铜砖片"。1971年2月17日，王家成在北京参加中西医结合工作会议，受到国务院总理周恩来的亲切接见。

没吃到的洋芋糍粑

过马家坪，入关山村。

前面路上，一群喜鹊正警惕地捡拾着地上的食物。路边红叶，正静悄悄地诉说着秦岭深秋的故事。远处村口，三五个上了年纪的老人，正站在岔口交谈。他们说话的内容，或许是家长里短的只言片语，又或许是道听途说的奇闻趣事。这场景，看起来是如此温馨。城市生活的代价，是邻里关系的破碎，以及相互信任的缺失，而山里的村庄还是一个整体，人与人还紧密联系在一起。

转过一个"S"形的大弯，一栋原本影影绰绰的老房子随即进入视野：堡坎由粗大的青条石砌成，菜地里种着小白菜和卷心菜，篱笆分隔了菜地和院子，老房子屋檐下挂着几串火红的辣椒，屋后的竹林若隐若现。

门前的小河沟里流淌着溪水，溪水清澈见底。一名中年妇女，正站在溪中的石头上，弯腰清洗着土豆。大姐告诉我们，这些土豆是准备洗干净了打糍粑吃。当地人管土豆都叫洋芋，它与玉米、小麦一样，是最重要的三种农作物之一。中年妇女提到的洋芋的吃法，属于当地特色，叫作洋芋糍粑。

具体制作方法是：把刮了皮蒸熟的洋芋，放在平板石上或

专门的糍粑窝内，用木锤捣碎后，用力研磨成糊状，再用力捶打，直至团状。这洋芋糍粑，既可甜吃又可咸吃。所谓甜吃，是在打好的糍粑上，放上白糖或蜂蜜，凉甜可口、入口即化；所谓咸吃，是用清油烧新鲜酸菜水或调和醋水，再加上蒜泥、五香粉，浇到糍粑上，油酸松软、顺喉而下。

"你们要是能等一会儿，等我家做好了，可以尝一点儿！"大姐提议说。

好口福得有好运气，看这土豆才清洗干净，要做成糍粑估计还得很长时间。我们的时间有限，洋芋糍粑只好等下次有机会再吃了。于是诚心谢过，辞别前行。

熟枣掉落一地

继续向前，猛一抬头，视野中隐隐约约出现另一户人家。

沿着小路向老房子走去，看见路边青石做成的老碾盘上，碾磙子的位置，依旧和曾经使用时完全一样。也许只有岁月知道，这个曾经每家每户都必不可少的老物件，已经有多少年未曾转动过了。

院坝（方言，指房屋前的平地）的晾衣绳上，正搭着五六件洗干净后的旧衣服，一任秋日的阳光照晒着。这样的画面似曾相识，是从农村走出的"80后"童年记忆里难以挥去的场景。

老房子的门上着锁，主人此刻并不在家。细看，房子已经有些岁月了，但大门上的门神秦琼、敬德，还十分鲜亮，应是去年过年的时候贴上去的吧。房子边上有两棵高大的枣树，这枣个头很小，已经熟透了的掉落一地，空气中弥漫着鲜枣被雨水浸透之后发酵的味道。

关山村原是县内一条主干道上的小村庄，从这里翻岭可以到达另一个村子，但这条路现在已被废弃，关山村成了一个"死胡同"，原路进入还得原路返回。如今，这里到县城的车程约有 30 公里。路这么远，树上这点鲜枣运出去估计还收不回运费，所以主人才放任它们掉落吧。

抬头向上看，枯枝败叶之中，依稀还挂了一些枣。更高处的天空，悠悠地飘过几片白云。轻轻摇了摇枣树，枣顺势掉落下来，捡拾几个尝了尝，甘甜可口。地上，几株叫不出名字的花儿开得正艳，但在这一片安静中，这些花儿的美丽显得如此寂寞，也许直至枯萎也未曾有人用心欣赏过它们。

每当在山里碰到一栋老房子，我都喜欢围着房子"打转"，从不同的角度去欣赏。来到房后面的山坡上，我细细地看房顶的瓦片，细细地品远山秋色的绚烂，感受山中最普通的生活，体味久违的家园的感觉。

就在我站在坡上眺望远处的时候，主人从先前虚掩着的门内走了出来，手里端着一大碗饭菜，看见我们后，随即蹲在院坝边自顾自地吃了起来。

"站着累，坐着窝，圪蹴休息最受活。"老乡端着碗蹲在地上吃饭的姿势，像极了秦岭北麓的关中人。史料记载，1929年关中遭遇大旱闹饥荒时，曾有大量关中的灾民流落到柞水的山里。这户人家，不会就是当年的关中人吧？

快要离去的时候，回头再次望过去，老乡换了一个地方，继续以"圪蹴"的方式，埋着头大口大口地吃着他手里那一碗香甜的饭菜。

一顿有温度的饭

山更大，林更密，溪水更急。

水泥路结束了，再往里走只有砂土路。这土路，时常和溪水"争执"，一会儿你截断了我，一会儿我拦住了你。于是，我们只得从便桥上，一次次反复过河。

先是在山坳里见到一片土地，不久又在远处见到一栋房子。时值正午，烧火做饭升起的炊烟，缭缭绕绕，感觉这就是我们寻找的家园的味道。

前面路上走来一个背着背篓的汉子，应该就是房子的主人。这汉子精瘦干练、精神焕发。走近后，我们问他准备干啥去，他说去前面地里背洋芋。再向他打听这里的情况，得知此地只有七八户人家。

中年汉子家房子背后是粗大的松树、桦树，以及更多叫不上名字的树木。房子边儿，柿子树上已经成熟的柿子压弯了枝头，地面上还掉了很多熟透了的果子。大山里的水果和山货，来不及采摘就会进入大自然的轮回，化为明年的春泥。

"前面的路更不好走了，你们过河时可要小心呀！"中年汉子善意地提醒。

我们谢过，继续往前。更远处的大秦岭，正是一年中秋色最浪漫的时刻，黄叶红叶，漫山遍野，是对"层林尽染"四个字的最好写照。

顺着这条路走到尽头，就是关山村最深处的杜家场脑。这里的道路，已经变成只能一人通行的小路。还在很远的地方，我们就看到半山腰上有一栋老房子。再看房子边的电线杆，到了这里已经是最后一根。杜家场脑后，必已无人居住。

杜家场脑这户人家的院子里，摆了一张桌子，桌子边还坐着两个小孩子，看样子正在那里写作业。前往院中小坐，赶上肚子饿了，于是借主人家的炭火，准备烤热自带的馒头当午饭吃。

小孩儿的父母与我们年龄相仿，大家相谈甚欢。年轻的男主人告诉我们说，这栋老房子是他老家，平时只有两个老人住，

今天刚好是周末，他们带着娃进山来看看爷爷奶奶，一会儿就得回县里去上学。

"光吃馍不行呀，来，吃点儿热乎的。"我们和年轻主人聊天时，他母亲已经端出来几碗土豆粉制作的食物给我们吃。人可以拒绝别的诱惑，但肚子饿了却不能轻易拒绝掉食物的诱惑，我们也不客气，大口地吃了起来。

"洋芋糍粑，吃过没？再吃两碗！"我们刚刚把主人送上的食物消灭干净，人家又从厨房端出两大碗食物来。

真是无巧不成书，刚入村时没吃到的洋芋糍粑，现在居然补上了！

这洋芋糍粑是咸吃的，里面放了一些酸菜，口感十分细腻。更让人惊喜的是，主人还配了一小碟自制的腌辣椒。拿起筷子，夹一小片辣椒入口，那种纯正的辣味儿，让人辣得流出泪来。

临别，我们想给些饭钱作为感谢，但主人不肯接受，说，大家碰见了就是缘分。

真诚谢过，带着喜悦和感激，挥手告别。这是一碗有温度的洋芋糍粑！

秦岭的秋色，愈发浓郁了！

并不想刻意地渲染秦岭山中的寂寞，不过这泥墙、灰瓦、秋色，以及那些一簇簇从地里生出的草，一丛丛从山坡上长出的树，一团团从树木上吐出的叶子，都好像会说话、会诉苦。

可怜骄骏今无用

——寻访牛肚沟

从地形上看，丰北河往南，就是牛肚沟。史册记载，从丰北河翻过秦岭梁，既可通蓝田，亦可达长安。如此看来，历史上的牛肚沟，应是秦岭古道上的村庄之一。只可惜历史的烟云散去之后，除了已不可考的传说外，只有偶尔响起的打洋芋糍粑的声响，还会像从前一样响彻山谷。

打糍粑的老人

牛肚沟沟口，名为黄家铺，就五栋房子、五户人家。

第一户人家的两栋老房子，都位于山脚下。前面有土地，后面有茂林。房子旁边的树上，结满了柿子。屋檐下，悬挂着火红的辣椒和金黄的玉米。院子里，一位头发花白的老人，正在水龙头前洗衣服。见到我们后，主人邀请我们进院子休息。

站在这户人家院子里，看见对面半山腰上，还隐隐有另一户人家。对面那一户人家的老房子，墙体并未刷白，仿佛已经成为山的一部分。此刻，屋顶正冒着炊烟。如果时光回到八九百年前的宋代，这一幕也许就是触发大诗人陆游，吟诵出"遥望炊烟疑可憩，试从行路问村名"的灵感来源。

黄家铺依着一条小溪，取水用水都十分方便。这里的人家，只需要在比自己家高一些的河道里，埋下一根长长的水管，家中一年四季就再也不会缺少清冽甘甜的山泉水了。这小溪边，满是说不出名字的小果子，星星点点、红红火火。我没有神农尝百草的勇气，不敢把它当作舌尖上的美味，只能拍下它们的模样。

在作家贾平凹笔下，黄家铺所在的秦岭商州地区，这是一个群山怀抱、不便交通、缓慢发展的地方。是的，这里有简陋

的房舍，屋前屋后总有一片竹林子，秋天里屋檐下总挂着金灿灿的玉米，房边是满树满枝的柿子。简单来说，"屋后是扶疏的青竹，门前是妖妖的山桃"。

第五户门前有一棵银杏树，此刻正泛着金黄。"砰砰砰"，一阵节奏明快的捶打声，从银杏树那边传了过来。山谷空旷，捶打声强劲有力，竟有回响。走近老房子，老屋院坝的青石板上，一位满脸喜悦的老大爷，正在用一个大木锤，用力捶打着煮熟冷却后的新鲜土豆。

"您这是在打洋芋糍粑吗？"

"嗯！你们吃过没有？"

至此，不禁回忆起之前在关山村，我们吃过的那顿有温度的饭。

食物需要用鼻子去闻，才能感受到它的美好。我靠近去闻了闻，熟土豆捣碎之后散发出的味道，软糯香甜，芬芳扑鼻，让人难忘。秦岭人会生活，把土豆这种最普通的食材，经过最简单的捶打，变成令人垂涎的小吃。

我们站在旁边看老大爷，只见他每围着青石板向前走两步，然后就会使劲抡起大木锤打一下土豆。当青石板上的土豆越来越黏，可以拉出很细的丝的时候，洋芋糍粑就基本成型了。

打糍粑这个画面很温馨，充满着平平淡淡的生活气息。如果去问幸福是什么？这就是幸福。城市的大酒店里，美味佳肴应有尽有，却始终没有家里的味道，在那里吃饭，更不会体会到亲自制作食物的快乐。

"这就走了？不吃一碗再走？！"

看过了打洋芋糍粑，我们已心满意足，婉谢了主人的盛情邀请，继续探访。

荒废的养马场

告别黄家铺，我们继续往牛肚沟深处走。

进山不见山，深入山中腹地，反而看不到秦岭的巍峨，只剩下一草、一木、一石的组合。路边嶙峋的怪石头上面，长满了各种树木，色彩丰富得如同一幅油画。路边一棵掉光了叶子的核桃树上，足球大的一个马蜂窝悬挂其间。

徒步到沟中道路尽头时，看到几栋房子，门口牌子上字迹模糊："为了我场安全生产，正常有效发展运行，即日起，一切车辆未经许可，禁止入内……"这是一个深山养马场，马厩十分简陋，只有几块砖、几片瓦、几根木桩。秦岭山大沟深，我们还是第一次见到养马场。这样的养马场中，应该没有马吧？

　　没想到，这个看似荒废的马场，居然还真的有马！远处野地里，卧着一匹深枣色的马。见来了生人，马儿没有嘶鸣，也没有走掉，只是扭转了头，静静地看着人。

　　后来，我们从别的村民口中，得知了这个养马场的故事。

　　原先这里养了八匹马，外边的人来骑，走一圈下来 50 元。

然而，因为牛肚沟这地方偏僻，来的人越来越少，马场生意越来越不景气。就这样，八匹马变成了六匹马，六匹马又变成了两匹马，再后来两匹马中另一匹死掉了，养马场就剩下这一匹马了。马场前面有栅栏，后面是深山，反正跑不掉，这匹马就这样被主人撂在这儿。隔上两三天，主人才会过来看一次，给它喂点饲料。

马场边上，原先拴马用的棚子已经成为腐木。我们向前走，马儿就跟着。我们的脚步快一点，它也跟得快一些。也许实在是太寂寞了，马也需要个伴吧。不忍与这匹孤独的老马对视，生怕接触到它含情的目光。遥想马场初建时，俊逸洒脱的八匹骏马扬蹄奔腾，这山谷里也曾响彻过它们的嘶鸣。

可如今，只有山泉汩汩流淌，只有孤独的老马，静静地守着空空的养马场。对它来说，其余七个伙伴是生是死，完全无从知晓。大秦岭的水是清澈透明的，大秦岭的草是甜美多汁的，但最后的这匹马儿，只有大山相伴，必定也是寂寞无助的。

牛肚沟属于商洛，商洛曾是商鞅的封地，出过著名的乌骓马。我们走过秦岭南坡这么多条沟，唯有牛肚沟的这个养马场让人五味杂陈。很难忘记山坡上那破破烂烂的马厩，野地里那匹喜欢跟着人走的深枣色马，还有那双一直凝视着人、像会说话一样的马眼睛。

憨态可掬的肥耳猪

养马场不远处，一栋老房子孤零零地立在山口。

徒步至此，道路已经从水泥路变成土路，循着小径向前，一位老大娘正安静地坐在门口的小凳子上晒着太阳。就像大多数秦岭深处的人家一样，这里也只剩下老大娘一人。

老大娘告诉我们，子女们都已长大成人，远在外省，她年纪大了过不惯山外的生活，还是觉得山里的家中待着舒服些。这大娘虽然快 70 岁了，但思维清晰、耳聪目明，虽然干不动重活了，但腿脚还很灵便，照顾自己没啥大问题。她说，子孙们各自忙生活，也不容易，不过过年过节，他们都会回来看看。

当山外的世界快速变化时，山里的日子宁静而缓慢，就像这户人家墙上挂着的这两个竹篮，也许已经被老大娘使用了好几十年。在仲秋季节的秦岭深山，坐在牛肚沟这户人家的小院里，我们与老大娘聊得正欢，突然一只肥头大耳的大白猪从猪圈探出头来，憨态可掬，模样惹人喜爱。

于是这才发现，院子前面有一个石头垒砌而成的地圈。这地圈有 10 多平方米大，圈内一侧是食槽，一侧是卧棚，大白猪就在里面。而先前从房子后面跑出来的几只土鸡，此时已经飞到了猪圈边的柴火堆上，警惕地看着来客，时而"喔喔"地大叫几声。

房子旁的老柿树上，树叶子已经完全掉光，只剩下金黄的柿子挂满枝头，令人垂涎欲滴。

"这柿子您怎么还不打下来？"

"我力气不行，打不动了。"

秦岭巍峨、山路弯弯，唯愿山外的晚辈能常回家看看。

偏僻的养鱼池

在沟口问路时，老乡说最后一户人家有一个养鱼池，并嘱咐到了养鱼池，后面山大沟深、道路崎岖，万不可继续深入。

之前还在想，深山养鱼，此鱼必为喜冷水的鳟鱼，果不其然。

这鳟鱼并不是本地鱼，但山中为什么会有人养？这可能和环境有关。鳟鱼有一个缺点，水温一旦超过 23 摄氏度，就会死亡。秦岭腹地冰冷清洌、四季不断的溪流水，很适合饲养鳟鱼。这养鱼池颇有规模，约有十来亩。在地势较低处的池子里，鱼游浅底，全是虹鳟和金鳟。

　　主人不在，我们便继续朝着后山前行。后山一片颓败，几栋荒废多年的老房子，静静地立在山口，院子里荒草已有半人多高。绕着老房子走了一圈，几乎找不到主人留下的任何踪迹，只在老房外发现一块青石蹲在地里，古朴笨拙。难道是古董？仔细一看才发现，那是一盘石磨。看起来，这几栋老房子显然是有人住过的。若是有人居住，那这里应该有一个温暖的场景。翻山越岭的过客，可以在这里驻足歇脚，或者可以吃到些农家饭。只可惜，现在这里已经没有了人烟。原先的人离去了，这里渐渐回归平静。

　　岁月逝去，老屋门窗不见了踪影。繁华不再，泥土墙已经斑驳脱落。站在远处看屋里，那些黑洞洞的门和窗，就像老房子的眼睛，无比深邃，仿佛含着泪。并不想刻意地渲染秦岭山中的寂寞，不过这泥墙、灰瓦、秋色，以及那些一簇簇从地里生出的草，一丛丛从山坡上长出的树，一团团从树木上吐出的叶子，都好像会说话、会诉苦。

　　看着看着，脑海中不禁出现了王阳明《瘗旅文》的意境，满是凄苦哀伤之情。这时突然忆起在村口时老乡的叮嘱，于是匆匆从野地返回。路过养鱼池时，正巧主人回来了，原来他先前是下山背粮食去了。

"这鱼池是孩子们修的,这地方偏僻呀,当时可花了不少钱,差不多快上百万。幸好,这几年鱼喂得不错,已经快回本了。"绿水青山就是金山银山,大秦岭优越的自然环境,充分利用起来,走对了路,也是可以发家致富的。

秋色正好的牛肚沟里,故事有忧也有喜。人生也是如此吧,无不是经历过万般滋味,才算完整。

到那时，用手撕开或者用刀切开柿饼断面，内部晶莹剔透、柔软而甜美的金黄色胶质，会刺激着每个人的视觉神经和舌尖上的味蕾。

唯有柿树挂灯笼

——寻访老庵寺

秦岭柞水老庵寺村，因唐时曾建有老庵寺而得名。

据传，唐贞元三年（公元 787 年），老庵寺始建佛寺一座，属宗密派。南宋端平三年（公元 1236 年），金人入据，焚寺驱僧，寺毁。明正统五年（公元 1440 年），复修老庵寺。隆庆二年（公元 1568 年），有寺僧乘民妇焚香之机，肆意蹂躏，民愤起，寺再毁。如今，老庵寺仅存石碑一尊，高八尺、宽三尺，顶端镌有"历代祖师"四个大字，石碑已修葺置于村口。

枯荻满野，秦岭萧寂之时，我们入老庵寺村，探古访幽、转瞳寻村。

满树的柿子

薛家沟，是我们寻访老庵寺村的首站。

秋去冬来万物休，唯有柿树挂灯笼。进入薛家沟，我们首先就被柿树枝头挂着的那些柿子迷住了。

时值季秋，每家每户房前屋后的柿树上，都挂满了可爱诱人的柿子。

行到半山腰，有户人家在做柿饼，便停下细瞧。一位年轻的女主人，拿着一把去皮刀给柿子削皮，另一位年长的女主人，则用藤条把削过皮的柿子一只只绑扎起来。秋日暖阳下，两个女主人给柿子削皮绑扎的场景温馨而祥和，看起来十分美好！

这些刚刚绑扎起来的柿子，即将被悬挂在屋檐下，在光照充足、空气流通、干净卫生的地方，静静等待果肉皱缩、果顶下陷，等待被勤劳的双手反复翻动、捏扁压实。一切都准备妥当之后，便只剩下最关键的一步：生霜。

柿饼晒干之后，随着果肉水分不断蒸发，柿子里会析出白色的凝结物，那就是柿霜，这个过程就叫作生霜。柿饼生霜与环境温度有关，温度越低，柿霜越好。这也是为什么最好的柿饼，往往都是在冬季才有卖。到那时，用手撕开或者用刀切开柿饼断面，内部晶莹剔透、柔软而甜美的金黄色胶质，会刺激着每个人的视觉神经和舌尖上的味蕾。

"你买的时候看一下，上面霜薄一点的，看起来不匀净那种，就是自然生出来的霜。你也可以拿起来抖一抖，抖几下不落下来的，一般就是真的霜。"主人一边向我们介绍着柿饼制作的各个步骤，一边谴责在柿子生霜的环节作假的商家，还热情地告诉我们辨别真假的方法。

闲聊之际，我们抬头朝着院子中的一棵老柿树看去，上面竟然出现了一个佝偻的身影，正在用一根特制的竹竿采摘柿子。原来那是这一家的男主人。

逆光下的男主人满头银发，花白的胡须特别惹眼。

"摘柿子的老人家多大年纪了？怎么还亲自上树？"我们有些惊讶地问。

"我爸快七十了。家里每年摘柿子的活，都是他的。我们想干，他还不放心！"年轻的女主人笑呵呵地说道。

临走，女主人说，再过一两个月她家柿饼就做好了，到时候欢迎来品尝。我们谢过，记下了这户人家的门牌号，期待第二次的相见。

崖上的古墓

此行欲探古访幽，但时过境迁，老庵寺村早已无古寺。好在，这里还有古墓。

终南山下，活死人墓，神雕侠侣，绝迹江湖。金庸《倚天屠龙记》中一句关于秦岭古墓的描写，让无数人对秦岭这个神秘的山脉，充满了无穷无尽的幻想。

秦岭山中确实有古墓！据《陕西商洛崖墓考古发掘及调查报告》显示：

秦岭腹地商洛市的六县一区，目前已探明的崖上古墓总计721处4232座（1988年陕西省第三次文物普查的结果）。这些崖墓，如此集中，并且保存完好，在全国都是十分罕见的。据考证，这种在悬崖峭壁之上凿穴筑室、藏棺其中的丧葬方式，主要流行于东汉至魏晋南北朝时期，一直延续到了明清时期。

老庵寺的崖上古墓，不但相对集中，而且数量众多，有几百个。

它们中的一部分，位于深山老林中，地处山高、壁险、岩硬的崖壁上，与地面的距离，从几米到数百米不等。当然，也有很多位于人烟相对稠密的村庄旁，有的甚至站在路边就可以看到。

我们向村中老者打听这些古墓的事情，只说是自古就有，不过却都说不清道不明这些墓的来龙去脉。最多的一种说法是：这是过去闹土匪时，大家为了躲土匪，在悬崖上凿的躲匪洞。土匪来时，可以携带粮食和值钱的物品躲在里面，居高临下，据险而守，土匪一般攻不进去。

不过，老庵寺薛家沟的这些崖上石洞，大多数所在的位置明显偏低，有些甚至顺着坡上的路，就可以走到跟前去，似乎躲不成土匪。但这些崖上古墓在建成之后，确实被再次利用过，有的甚至还在原地建起过寺庙、房屋。这些崖上石洞，据说里面有一室的，有一室一厅的，甚至还有分前、后厅的。最大的有好几十平米，卧室、粮仓、厨房样样不缺。

光听别人说始终不过瘾，为了弄个明白，我们决定壮着胆子，深入石洞中，也就是古墓里，实地去探看一番。于是，我们选择了一个地势较低的崖墓，弯腰屈身钻了进去。

虽正值午后，外面阳光大好，一片温暖，但崖墓中却黑暗阴冷，寂静无声，让人不禁想起懂得天星风水秘术的摸金校尉，以及有关古墓的各种灵异传说。

崖上古墓的具体用途已无可考，它们锁住的往事，早已进入时空的隧道，一去不返，但这遗留的痕迹，却留给后人无限的遐想。

在秦岭深山中偶遇的每一栋老房子，都是未来的历史。也许五年，最多十年，当最后一代秦岭人离开之后，这里将无人居住，渐渐回归大自然，成为飞禽的乐园、走兽的天地、虫蛇的居所。

蔼蔼白云宿檐端

——寻访红火村

红火村其实并不红火。林密、山陡，可耕地不多，地还很贫瘠，一半碎石一半沙。居住在这里的人们，世世代代都以农业生产为主。扬起锄头，洒下满坡汗水，种一点点庄稼糊口。吃的是小麦、玉米、洋芋及杂粮，过的是紧紧巴巴、省吃俭用，并不宽裕的日子。徒步红火村，管家山的路令人印象深刻，冷冰沟的菜让人难以平静，土路尽头的老房子更使人心生感慨！

入了云端的路

红火村管家山山顶的坪台上，只住着四户人家，小到几乎被人遗忘。如果不是亲自去过，谁也不曾想到，这么高的山顶上，这么陡的坡上，还住着人。

我们去探访的时候，把车都开过了管家山，也没有发现上山的道路。直到问了路人，才找到上山的道路。抬眼望这道路，几乎入了云端。拐过三十道拐，筋疲力竭的时候，终于瞧见几栋孤零零的老房子。环视四周，视野开阔了起来。山脚村庄的房子，变成了鸡蛋般大小的黑点，而远山的山顶，笼罩在缓缓蒸腾的云雾间。

管家山村口的两棵树，形若钢笔，冲天而生。第一户人家的老房子，就在这两棵树的前方。空气中飘着一股淡淡的柴火香，一缕青烟从屋背后的烟囱里冒出来。近距离看，这栋老房子端端正正，不过却少了一丝生机，想来住在这里的人，应该不会太多。

来到老房子正前方，房门敞开着，门上的小电灯泡摇摇欲坠。院子边上，从更高处的山上引下来的自流水，一滴一滴地流着。水管下面，一个大木盆盛满了水，水面泛起的白沫，连成了两个完整的圆圈。时光仿佛凝固了，这是管家山一年里最寂静的时间。房屋前面是一小块菜地，用竹篱笆围了起来。几棵蒜苗，孤零零地生长在里面。我们对着屋子喊了几声，等了许久也不见有人回应。想着也许是主人不愿被打扰，于是便匆匆离开。

管家山第二户，门窗紧闭。第三户看样子有人住，只是主人并不在家。

管家山的海拔很高，又因为在山顶，所以相对于其他村庄，这里显得更高一些。平着望过去，视野与山尖处在同一个高度，白云就驻留在村头。这白云就像一条龙，匍匐在山体之上，变换着形态，时有时无、若隐若现。

终于，我们在第四户看到了一个老大娘，正端着一碗饭从屋中走出来，身边跟着一只小狗。见到我们，小狗叫了起来，叫声虽不大，却响彻山谷。我们远远就打了招呼，老大娘热情地喊我们过去。

"您一个人住在这里吗？"我们问。

"嗯！就我一个人。"老大娘回答说。

"这水管里的自流水是从哪里来的呀？"我们又问。

"这里其实只是半山腰，后山还有条沟，吃水不成问题。"

"马上就冬天了，天冷了您也住这里？不下山去？"

"家就在这里，能下哪里去？山上其实不冷，这种老房子里，有点火就很暖和！"老大娘很乐观，面色红润，身体看起来很硬朗。

经老大娘这一提醒，我们才仔细看了看房子。这是一栋土

坯房，墙体很厚实，每个房子都不大，门窗也都开得很小。看来，保暖确实不成问题。

我们还从老大娘口中得知，山上如今只有两户人家有人常住。另一户有人常住的人家，也就是门口有一大盆水那一户，主人年纪大了耳朵不好，别人说话声音稍小一些，他就听不到了。难怪那时没人回应。除此之外，其余两户，一户搬走了，另一户只有在地里有活，或者秋天收山货时，才会上山来住几天。

老房子边上，有十来棵柿子树。柿子树已经掉光了叶，只剩下黑黢黢的枝干，但那枝干顶部还挂着不少红红的柿子。

我们问为什么不把柿子都摘下来？

老大娘说，长得矮的她都已经摘了，但剩下来的那些柿子，实在长得太高，孩子们不在家，她一个人摘不了。

为了更好的生活，当年爱爬柿树的少年，不得不去更广阔的地方求发展。就这样，管家山安静下来，只余下几个手脚都不灵活的老人了。这日子再往后，也许连低处的柿子也无人摘捡，只能任凭鸟儿啄食了。

做腌菜的老大爷

下山往西走，就是冷冰沟。沟很窄，两边全是陡峭的山体，抬头只能看见一点点蓝天。这条沟深约五六里，住了十户人家，前七户还有人，后三户已荒废。

到达第六户人家时，正值午饭时间，便准备在此煮一点面条。老房子里，一位 70 多岁的老大爷走了出来。

"老大爷，方便在你家院子里，煮点东西吃吗？"我们征求主人意见。

"方便，方便！"老大爷很热情，还给我们搬出几个凳子。

　　院子里的竹篮里放着几个新摘的莲花白。就在友人支起炉灶开始烧水煮面条时，我跟着主人的脚步，也走进了屋里去。老屋中，老大爷正坐在板凳上，仔细地用刀切莲花白。光线熹微，大木桶、红家具、莲花白，十分温暖。

　　"我老伴出去打工了，娃们也都不在家。今天天气好，我把地里的莲花白摘了，准备做腌菜。"老大爷一边一刀一刀地切着莲花白，一边告诉我们说，"待会儿把它们搅拌均匀，撒上点盐，在缸里放上一段时间后，就可以捞出来吃了。"

趁着老大爷切菜的间隙，我开始仔细打量着这户人家的角角落落——

房子中间的桌子上，准备拌在腌菜中的辣椒已经切好。凑近一些去闻，青辣椒、红辣椒、香菜混合发出的味道，刺激得真是过瘾。生活就是柴米油盐，家里的饭菜永远令人难忘。我们会越来越发现，关于食物的有些味道，只有家乡才有；有些菜肴，只有父母做的才好吃。我们从出生那一刻吃起，一直吃到少年、中年，年纪越大，越想那种味道。只有夹上一筷子，入了口，味蕾才会满足。

辞行走到路尽头的时候，遇见一丛青翠的竹林和几棵落光了叶子的树，第十户人家的房顶从竹丛和枯枝中露出一个小小的角来。在这个秋末初冬的时节里，竹子与枯枝组合成的景色，实在惹眼好看。只可惜离开家园、远走他乡的屋主，已经看不到故土上这样的场景了。

一只好像会说话的橘猫

从冷冰沟出来，继续往红火村深处走，道路就全是土路了。

刚入眼的房子低矮简陋，由于雨水侵蚀，墙体已经剥落，摇摇欲坠。屋顶的灰瓦、石棉瓦混叠在一起，正屋、偏房完全无法区分。

顺着小径，踩着青石铺成的路，继续往里走。石上的苔藓，泛着幽幽的绿、淡淡的黄，恍如梦境一般不真实。

一根挖出之后还没有来得及运走的老树根吸引了我的视线。从外形来看，这棵树的树龄少说也有几十年了。树皮已经部分脱落，中空的树干内，长满了青苔。

初冬季节的秦岭，满地枯枝败叶，满眼萧索寂寥，地上是厚厚的落叶，踩上去沙沙作响。一切都冷冷清清的，无人打扰。

天原本是阴沉沉的，突然就开了一条缝，太阳露出头来，阳光像金子一般洒下，把花儿照得很艳，四周也充满生气，仿佛可以听到花草说话、树木细语的声音。

"有人吗？"我们大声喊，但无人应答。

"喵，喵喵。"花丛背后，突然传出一阵轻轻的猫叫声，一只橘猫畏畏缩缩地探出头来，胆怯的模样十分可爱，它或许早就躲在小角落里看着我们。

我们越是把目光看着它，它越用会说话的眼睛盯着我们。问它主人去哪儿了，它应一声"喵"；问它饿不饿，它又应一声"喵"。

等了许久，不见主人归来，我们便原路返回。半道，同行友人悄悄问我，那只橘猫儿，不会就是主人变的吧？

那猫儿自然不是主人变化出来的，但那老房子却是主人花了一辈子时间变化出来的。在秦岭深山中偶遇的每一栋老房子，都是未来的历史。也许五年，最多十年，当最后一代秦岭人离开之后，这里将无人居住，渐渐回归大自然，成为飞禽的乐园、走兽的天地、虫蛇的居所。

往日的喧嚣散去，这里安静下来，静得就像睡着了的婴儿一般。在这种安静的环境里，老房子反倒活了过来，仿佛一个有生命的物体，就像树木长在坡上，庄稼冒出泥土，青石蹲在地里。

雪晴云淡日光寒

——寻访东沟村

柞水属长江流域汉江水系，境内共有大小河流 7320 条。但这些河流都不长，长度 3 公里以上的只有 171 条，东沟即为其中之一。

车停猴儿碥。这里就是东沟入口处。

雪后三日，阳坡面雪已消融，背阴处地上积雪还很厚。踩上去，每走一步，脚下都在咯吱咯吱地响。之前听说东沟里有一处高山瀑布，落差有二三十米，到了冬天最冷时，会形成冰瀑。正值一年中最冷的季节，徒步入东沟，翻过一座山，跨过一条河，穿过一个狭窄的山谷，瀑布就出现在眼前。有些可惜的是，当天气温还不够低，瀑布还有流水，并未完全冻成冰瀑。

虽未见到冰瀑，但我们还是决定继续溯水而上，去寻找东沟这条小河流的源头，同时也去看看天寒地冻的冬日里，秦岭山中的村民是如何生活的。

安静的雪地

从沟口行约六里，进入东沟有人家的地方后，先是碰到了一棵脸盆粗的老树，模样生得十分好看。印象中，南方的村庄，村口都会有一棵槐树、榕树或皂角树作为标配，而在秦岭山中的村庄，村口也少不了一棵核桃树或者老柿树。

东沟在秦岭南坡，即便是在冬季，这里也无一点雾霾。山里的雪，白得像盐，一粒一粒，正反射着刺眼的阳光，这在城里是见不到的。城里下的雪，大都带着泥，并不白净。雪地上，鸟兽留下的脚印，一直延伸到远方，让人遐想。

路边雪地里，竖了一块牌子，上面说东沟是饮用水水源一级保护区，还列举了若干禁止事项，包括禁止新建项目、禁止

从事有可能污染水体的活动等。

第一户人家，开着两道门、两扇窗户，有两间厨房。左边的厨房，墙上有一点点烟熏的痕迹，门口打扫得很干净，柴火堆放得很整齐，生活杂物也井然有序。右边的厨房，灰瓦上长满了青苔，青苔上的积雪还未完全消融，烟囱被熏得如漆一般黑，也许昨天主人还在里面烧火做饭。这场景虽然普通，但看起来却很舒心。

远远望过去，大门口的女主人正拿着一把剃刀给男主人剃头。因为太偏僻，生活的一切都因陋就简，剃头这样的事情也只得自己处理。

对面的秦岭山脉，盖着一层洁白的雪，像一床薄被子。斜坡上，栗子树、青杠树都掉光了叶子，只剩下细细的枝丫，松树、柏树还残留着星星的绿，就像一群没精打采的汉子。

再往东沟里面走，遇见一栋土坯房，门窗紧闭，看样子已荒废多年。房屋墙上，还保留着20世纪60年代的标语：全党动员大办农业为普及大寨县而奋斗。大门旁还有另一条标语，内容是"毛主席永远活在我们心中"。这些标语，一笔一画、工工整整，写完后还细心地用黑色笔描了边。差不多40年过去了，标语下半部分的字，都已经模糊不清。

细细打量这栋老房子的门槛，都已经快被踩平了。一拨人走了，一拨人又来，这里肯定也曾经有过繁华，进进出出的人一定络绎不绝。如今，往日的喧嚣散去，这里安静下来，静得就像睡着了的婴儿一般。在这种安静的环境里，老房子反倒活了过来，仿佛一个有生命的物体，就像树木长在坡上，庄稼冒出泥土，青石蹲在地里。

山中日子并无诗意

东沟人不多，零零散散也就十多户人家。沟里的年轻人都出去打工了，只剩下几个老人，守着老房子，过着旧日子。这日子简单而清闲，按部就班、无波无澜。时间在这里一点也不急，走得很平静、很平缓。不过，沟里也有坐不住的，譬如这土猫土狗，特别是躲在乱草丛中，仰着脖子警惕地看着人的土鸡。

在东沟人口相对密集的地方，有一栋老房子建在半山腰上，这老房子背后是群山，前面是一片开阔的地，屋檐下挂着两串红辣椒。有了这两串红辣椒的点缀，这栋老房子立即充满了生机。

冬日里，东沟的阳光温暖而美好。院坝中，新雪只融化了一半，另一半正覆盖在松松的沙土上。地上，是一串鸡的脚印，有浅有深，大约是雪化时踩上去留下的。看到这场景，想起了一个句子，那句子写得真好：雪只有一鸡爪厚。

在另一户人家，我们有了新的发现：一个多年前曾经流行过的收音机，如今被搁放在房子旁的杂物堆边。这种收音机可以收、录、放三用，在当年可是时髦的电子设备，深受年轻人追捧！秦岭山中漫长的日子，在这户人家过来了又过去，只是收音机的主人，那个坐在门口石头上的少年，他去了何方？

秦岭东沟这样的小山沟，进出都只有一条路。你走到底，就只剩下山。所以除了村里的人，很少有人会来这里。因此，我们一行人的到来，早就被关注到了。首先发现我们的，是道路边上一群正在觅食的土鸡，它们脚步轻轻、小心翼翼，始终与我们保持着相对安全的距离，你进一步，它退两步。

老屋旁的小溪边，泉水叮叮咚咚地响个不停。"咳咳"，溪边传来几声轻咳，原来主人正在那里提水。清冽冰冷的山泉，从屋子一样大小的大青石上流下来。背阴处的水面上，已经结了厚厚一层冰。因为反复冻融，冰花像结晶盐一样，出现了漂亮的形状。秦岭的冬季，夜里寒冷的气流，碰到这温柔的水，完全改变了自己的模样。暖阳照耀之下，我舍不得触碰它们，生怕把它们弄碎了。这是多美的季节呀！

"大娘，您在提水呢？"

"嗯！水管冻住了，我来打两桶水！"

"都结冰了，路这么滑，你咋还自己打水？家里别的
人呢？"

"老头子山上砍柴去了！"女主人身子骨硬，拎起水桶，
疾步如飞。

老大娘说的话方言音很重，我们的交谈并不顺畅。大概听出她的意思：在山里过日子，每天的事其实挺多，喂鸡、喂猪，从早忙到晚，一刻也闲不下来。

猪圈里，老大娘养的大肥猪耷拉着耳朵，无精打采地盯着人看，兴致来了时不时也会转个圈，嗷嗷地叫上两声。对于秦岭本地人来说，山中的日子确实并无诗意，砍柴喂猪、撒谷喂鸡、提水做饭，一天就这样过去了。

枯寂的群山

继续往里走，又二三里路后，山色渐渐只剩下枯黄。冬日暖阳的照耀下，遥见有栋老房子，屋顶背阴面上积存的新雪，还未完全融化，那是东沟最后一户。

这栋房子看来有些年头了，屋顶灰瓦上已经长出青苔，厨房顶上的烟囱大概许久没有冒过烟。窗户玻璃被打破了一块，往里看，里面空无一物，只是墙上那几张汉语拼音挂图很是醒目。23 个声母、24 个韵母、16 个整体认读音节，无声地讲述着这栋老房子里曾发生过的故事。成年人可以在这样的环境中生存下去，可是小孩子必须接受教育，也许这就是房子的主人当年决定搬出去的原因吧。

　　老房子边上有一小片竹林。群山枯寂了，主人搬走了，这竹林却依旧青翠。竹林下有一个小水池，薄薄地结了一层冰。拿起一块，敲碎了放在手里，冰冰凉凉，晶莹剔透。多年前，屋主一定每天都会从这里打上一桶水，提回房中，或是煮饭和面，或是烧开饮用，或是烧热了洗一个热水澡，日子简单而温馨。

　　站在高处看这个小村庄，左右完全是两个世界。阳坡的房子沐浴在阳光下，阴坡的老屋还覆盖着冰雪。逆着阳光看山的阴坡，洁白的雪地里，还闪烁着一些晶莹的蓝。遥望远山，层峦叠嶂，无声无息，就好像睡着了一般。

　　脚下，已是东沟中这条小河流的源头。如果幸运的话，发源于这里的溪水，将在 4 公里以后汇入乾佑河，在 100 公里之后汇入旬河，在 170 公里之后汇入汉江，并在 400 公里之后汇入丹江口水库。而与丹江口水库直线距离 1000 公里之外，就是南水北调的终点北京。东沟河里流下去的每一滴水，都能走出去这么远吗？

白云深处
有人家

群山沉浸在雾雨中，老屋的屋檐下，端坐着一个老者，正抬头凝望着雨水从古朴的"滴水"上轻轻落下。

良工意匠有深趣

——寻访老木匠

走到眼前这户人家的时候，时间已至中午。人困马乏，于是我们决定在此吃点午饭。午饭很简单，就是背包里随身携带的两盒自热米饭。

与别的秦岭人家不一样，这一户人家的院子，不但打扫得干干净净，而且还有一种说不出的美感。站在略高一点的地方，仔细欣赏这栋房子和这个院子，发现有一种自信和大气隐隐显露出来，同时，也有一种婉约和含蓄在浅浅吟唱。

　　什么样气度的房子，就会住着什么样气度的人。想必这一户人家，肯定也不是一个普普通通的秦岭人家。

　　"大叔您好，我们想在您家院子里，吃点自带的干粮，您看方便不？"

"欢迎！欢迎！过来坐！"就像所有热情的秦岭人一样，大叔口中说出的每一个字和每一个词，都透着能让人感受到的诚意。

行走秦岭的经历告诉我们，故事往往都是从眼中看到的某件特殊道具开始的。关于这户人家主人的一切故事，都得从大门上的这对门簪说起。

门簪，也叫户对，是中国传统建筑的大门构件，有方形、菱形、六角形、八角形等不同形状。

当我看到这户人家大门上的这对门簪时，就被深深吸引了。可以这样说，这是我徒步秦岭以来，看见过的最精巧、最细致的门簪。这对门簪，无论是做工还是花纹，都显示着制作者高超的手艺，以及木匠对于木雕这门艺术得心应手的运用。

在中国传统的老建筑中，门簪就像一个姑娘的头饰，是匠人会比较用心去做的东西。在这方寸之间，一个木匠真正的手艺和艺术才华，会被充分展示出来！

"真好看，您家这对门簪是什么时候做的？"

"是我做的！"主人答非所问，却令人吃了一惊！

"是您亲手做的？您难道是木匠？"

"嗯，我以前是木匠。这栋房子建了已经有三四十年了，大概是上个世纪 80 年代建的吧，这对门簪就是当时盖房子的时候雕的，是我自己做的。"

"我们一路过来，发现这一片只有您家门上有门簪。"

"是的，沟里的房子，确实就我家才有一对。"老木匠话不多，有手艺人那种特有的"范儿"，既显着几分矜持，也有一点点恰到好处的傲骨。

"门簪有啥讲究吗，是不是越大越好？一般用什么材料做的呀？"我提出了一直萦绕心中的问题。

　　"门簪好坏与大小无关，主要得和门搭配。门小了小一点，门大了就大一点。当然，料子得用最好的料。"老木匠的回答依旧言简意赅。

　　老木匠家，不但门簪好看，大门上辅首也很讲究。一家、一院、一门环，这门环就是"辅首"。更确切地说，辅首只是门环的底座，辅首衔环才是一个完整的门环。

　　老木匠家门上这辅首的图案，是一轮冉冉升起的太阳，有19个齿。也正因为这一点点点缀，这辅首从实用层面上升了一

个档次，呈现出难得的审美元素。

"您最后一次被人请去做活儿，是啥时候？"我们想打听一些主人从事手艺活的往事。

"如果是说盖房子专门请我做各种家具的话，最后一次大概是 90 年代的事情吧。如今盖房子，家具大都是买现成的。即便请木匠，用的都是胶水和钉子，我们的特长是做榫卯结构，已经不需要我们这种老木匠了。"

主人告诉我们，除了偶尔还会有人请他去做寿材外，现在几乎没有人再去请他做家具了。他那些做桌椅板凳、做箱子柜子、做门窗门簪的手艺，已经几十年没施展过了！

遗憾！深深的遗憾！从前慢，许多人一生只学一门手艺，再用一辈子去把手艺做到极致。但今天，这些匠人们传承了百年、千年的老手艺却无人传承。这手艺就像被黑洞吞噬的时光一样，逐渐消失，也许会永远无人记得。

我们仔细地欣赏着老木匠的手艺，以此表达对一个手艺人的敬意。眼前这扇 40 年前做的大门，一点儿也没有走样变形，关上之后，严丝合缝，缝隙连一张纸都塞不进去！

秦岭有猎人、有药户，有耕地种庄稼的山民，也有像这个主人一样有手艺的木匠、铁匠、瓦匠、皮匠、漆匠、篾匠、银匠、鞋匠……手艺在手，吃饭不愁！在农耕文明里，匠人的生活必定充满荣光，十里八乡的乡亲们，肯定都十分羡慕和尊重他们的手艺。

怀着尊重，我们开始更仔细地观察这栋老房子的细节。抬头看到屋顶的时候，我们发现每个瓦沟下面，都有一块特制的瓦，这块瓦学名叫作"滴水"。行走秦岭以来，这还是我在南坡的山村中，唯一一次见到屋顶上有"滴水"的老房子。

瓦当和滴水，都是中国传统建筑的装饰构件，主要功能是

防止雨水倒灌，引导雨水流下来，从而保护屋檐，不让木椽子烂掉。滴水一般都设置在屋檐下侧，上面有各种图案或文字。

看着这滴水，我的脑海中出现这样一个画面：秦岭山中多雨的季节里，群山沉浸在雾雨里，老屋的屋檐下，端坐着一个老者，正抬头凝望着雨水从古朴的"滴水"上轻轻落下。那些水滴在地面上溅起朵朵水花，那些雨水在眼前变成一条条水线，那些水线在屋檐下形成一道写满岁月和诗意的雨幕……

主人话少，我们也不便多问，双方静静地坐在院子里。我们等待着自热米饭慢慢被蒸熟，主人则坐在柴火堆前，重复着捡起柴火、放进撮箕、提起搬走、堆放整齐四个简单的动作。

征得主人同意后，趁着蒸米饭的间隙，我们走进主人家的厨房里去，欣赏着山里人家生活的细节。毕竟是有手艺的人家，厨房也是如此规整。这三根烟囱和三口铁锅，虽然旧了点儿，但摆放得很是整齐。

窗户外的收音机里面，一直唱着河南梆子。我们问老木匠是否是本地人？

"祖上是安徽的，躲避战乱逃到秦岭来，不过那都是上百年前的事情了。"

大秦岭是中国人的父亲山，一个人无论来自何方，只要定居于此后，最终都有了一个统一的名字：秦岭人！

老木匠家的屋子内，有五个新编的竹制农具，两个大簸箕和三个小筊筿。

"这也是您自己编的？"

"木匠和篾匠，手艺都是相通的，是我编的。"

"您这些手艺，都跟谁学的呀，也没教几个徒弟？"

"当年跟着师傅学的啊。做木匠辛苦，现在的年轻人，哪还有愿意学这个的？"

主人惜字如金，关于自己年轻时的往事，往往点到为止，并不多言。也是，在过去的老日子里，学一门手艺要付出的辛苦，要比现在读书升学要付出的辛苦多得多！

堂屋内的小篮子里，整整齐齐地堆放着刮刀、篾刀、匀刀、剪刀等工具。想当初，老木匠年轻的时候，随身携带着这些工具，他曾为多少新家庭做出过多少家具，为多少乡邻编制过多少竹制农具？只可惜时代发展了，一身本事的老木匠，如今却无人问津，只能从年轻时的红火时光中，转而静守着岁月的冷清。

"便要还家，设酒杀鸡作食。"

无时杀猪宴远客

——寻访"外婆家"

这是徒步秦岭椒园沟时，遇到的最后一个院子。这里海拔1200米，占尽地利，风光独好。

通村的水泥路没有修上来，最后这几百米路，海拔高度提升太快，落差太大，不适宜修成公路。

路边这树，稀稀朗朗。远处那路，挂于山坡。再看其山，陡峭逼人。

椒园沟的自然环境，越往深处走，越显原生态。我们寻访时，正值大秦岭一年里最冷清、最孤寂的冬季。这个时候，万山冷漠、万木不芳。人行其间，总有一种空空的感觉，而且总是会想：若是到了山花盛开的春季，这里会有怎样的景色？若是草茂林盛的夏天，这里会不会有野兽出没？

在椒园沟沟脑最后的这个院子里，走过第一户人家，再往前走十米，就是第二户人家。两户人家并排着，共用一个院坝，

共顶一个屋顶，只是开了两扇大门。如果不仔细区分，会以为是一个大户人家。我们常在山里行走已经有了经验，碰到这种屋连屋的老房子，一定得先问清楚这里到底住着几家人，以免弄错了闹尴尬。

抬头望去，第二户人家门口，用细竹竿和旧布做成的简易晒席边上，正站在一个老大娘呢。

秦岭山里的老人，有大大方方的，也有腼腼腆腆的。有的特别盼着外面来人，能够与他们说上几句话，有的想与人聊天，又会因为物质的不富足缺乏自信，总感觉有点不好意思。看老大娘的模样，大概是想和我们说几句话吧。

老大娘头上戴了一个蓝布帽子，脸上布满了岁月的沧桑。她的手指关节粗大，应该是辛苦了一辈子，频繁劳作所致。

"大冬天的，这山上光秃秃的，有啥好看的？要是夏天还可以，这里凉快得很。"老大娘听我们说明来意后，感慨我们来得不是时候，错过了山里最美的季节。

见厨房的大门敞开着，我们便问能不能进去看看？

"有啥不能看的，走！"老大娘很热情，带着我们就往厨房走。

厨房里的采光不好，光线昏暗。三个灶肚、三口铁锅、三

根烟囱，一字排开。其中一个灶肚里还烧着火，上面的大铁锅里正煮着一锅黏稠的食物。

　　"大娘，锅里煮的是啥呀？"

　　"我在熬粥，还放了点儿绿豆，要不要我给你们舀一碗喝？"

家里只有一个人，这锅粥应该刚好够老大娘一天吃的量，我们有两个人，如果真吃起来，怕是老大娘就该重新烧火做饭了。于是婉言谢过，只是靠近去闻了闻这锅粥的味道。暖暖的水蒸气飘上来，脸上顿时湿湿潮潮的。深深吸一口气，食物煮烂之后散发出来的味道，让人感到实实在在。这是久违的生活的感觉！

眼前的这一幕，不禁把自己的思绪拉回了几十年前。像许多中年人一样，我的记忆中总残留着这样一个场景，这个场景既有味道，也十分温馨：上了年纪的老外婆，正围着灶台忙忙碌碌，饭菜的香味从厨房飘出来，一家人都在安静地等待着……

从厨房出来，走到老宅中堂门口，看见里面挂着一副祝寿庆生的福寿联："福如东海长流水，寿比南山不老松。"应是老大娘的子孙送给她祝寿的吧。但之前在秦岭山中，我还没有见到过。所以，对于这副对联的作用，还有没有什么别的讲究，也不得而知。

屋檐下的墙上，挂着两把种子。按照此地风俗，此物应该是甜高粱。本地人也会叫它甘蔗，当然这种甘蔗和南方那种榨糖的甘蔗是不一样的。之前在秦岭镇安大寨子行走，亲眼看到过酿造甘蔗酒的场景，就是用这种甜高粱作为原料。

　　但一个本地朋友提醒我，这也许不是甜高粱，应该是另一种植物，当地人叫作韬树，是专门用来做锅刷用的。他介绍说，甜高粱和韬树虽然有点像，但是也有两个明显区别：一是韬树秆完全没有味道，里面就跟泡沫一样，没有汁水。二是韬树穗子分散，软塌塌的，而甜高粱的穗子紧密。

　　老大娘家的院子前面，有一个石头砌成的坑，比院子低了很多，坑底喂养着一头土猪。因为尚未过年，猪还没杀。看我们对猪感兴趣，老大娘高兴地说："等过年杀猪的时候，欢迎你们再来，热热闹闹的，到时候给你们炒些猪肉吃。"

　　陶渊明《桃花源记》里有一句话让人感觉很温暖："便要还家，设酒杀鸡作食。"时光飞逝，诗人生活的时代距今已有一千六百多年，但我们在秦岭椒园沟，却收到了同样温暖的邀请！

　　若是有机会吃到这顿饭，我们岂不就当了一回桃源客？

每个秦岭人都有自己的故事，他们都曾在一生中体力、精力最充沛的时候，通过不同的方式和途径，为这巍巍峨峨的大秦岭出过力气。

为谁辛苦为谁甜

——寻访养路工

　　在小寺沟里，林间小道尽头，出现一栋老宅。

　　这老宅，屋后有三五棵棕树，房前有一大丛翠竹，卧在山洼洼里，傍着条小河沟，地理位置极好。重点是，这户人家屋顶最左侧的两列盖瓦，盖得完全密不透风！

　　光凭这两列盖瓦的阵势，就知道这户人家有故事。

走到院子里去，眼前的景色，让人心情立即大好。

屋檐下，这红灯笼、红对联和大福字，十分喜庆！

"你们是从山上下来的吧？快过来坐一坐、歇一会儿，喝口水！"

屋檐下的老大爷，看见我们后，站起身来热情地打着招呼。他脸上的融融笑意，比此刻秦岭南坡的阳光更加温暖。老大爷下巴上戴着的一个毛线套子，在这儿叫作耳封子。这老式的护耳装备，不但可以防冻耳朵，而且还能保护下巴。

"老大爷您好呀！这是您家吗？灯笼是您挂上去的吗？"我们谢过主人的邀请，一边应和，一边好奇地询问道。

"这栋房子，还住着两户人家呢，我家是右边这两道门进去。"老大爷回答说。他告诉我们，这灯笼是他挂上去的，每年过年，他都会挂上这红灯笼，为了能看起来红红火火、热热闹闹的。

我们来之前，老大爷正坐在凳子上，翻看着一本小小的旧书。

"大爷，您刚才是在看啥呀？"

"在看《杂字》，以前学《三字经》《千字文》《百家姓》之前，都要先从《杂字》学起。"老大爷从背着的手里面，拿出一本线装的手抄小书，对我们说。

翻开这本"年纪不小"的毛笔手抄小册子，只见第一页工工整整地写着："欲识杂字，先认天文。星宿朗澈，日月光明。和风甘雨，瑞霭祥云。雾迷远岸，烟锁深林……"这本小册子

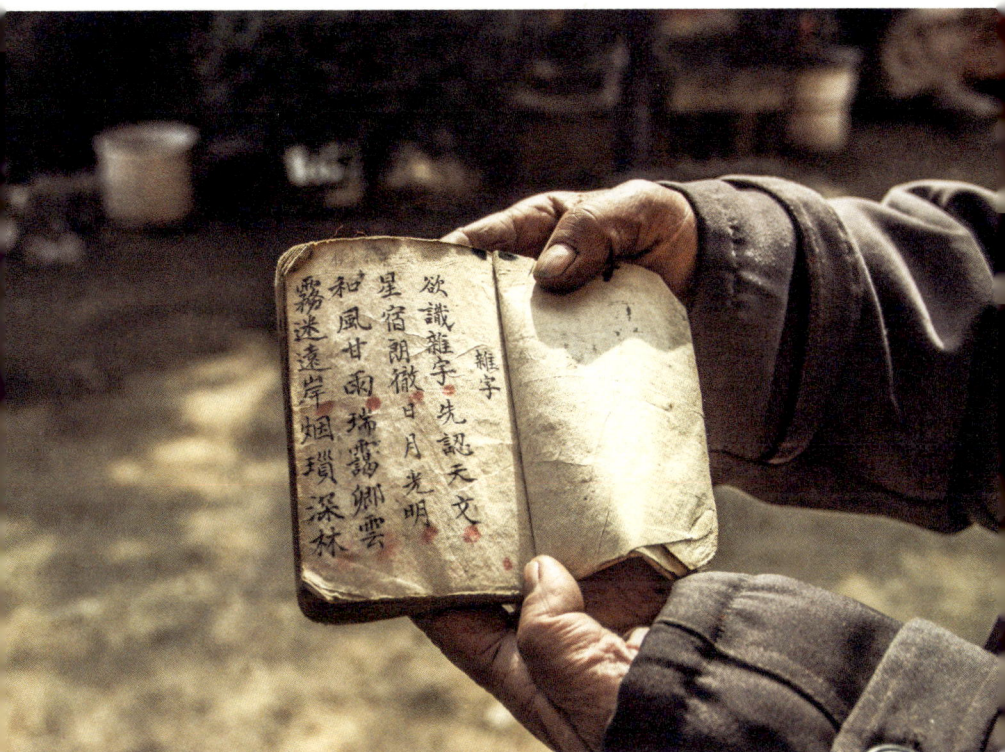

还用的是繁体字，而且"澈"和"祥"两个字，写法和现在不同，像是通假字。

《杂字》是一种将各种常用字缀集成韵的字册，旧时作为学童的启蒙读物之一。既有这样四言体的，也有六言体的，虽内容各异，但目的都一样，是为了识字。

这是我徒步秦岭以来，第一次在山中见到线装本的老旧书，而且保存得如此完好，内容也很值得细细品味，尤其是"雾迷远岸，烟锁深林"那八个字，读起来意境何其深远！

识繁体字，能读旧书，毫无疑问，老大爷一定是一个有故事的人。于是，我们坐在凳子上，和老大爷聊着天，细细聆听他给我们讲述自己的人生故事。

"我姓汪，是民国三十二年出生的，也就是1943年，属羊的，今年76岁了。"

秦岭这山、这水、这气候，果然十分养人，老大爷这面相，怎么看都不像是一个快80岁的老人。

"我读过初中，上到了初一。1969年的时候，也就是26岁的时候，我去了道班工作。这一干，就干了30年，直到1999年才不干了，回到小寺沟老家来。"

老大爷原来是秦岭山中道班里的养路工。他说的道班，是指铁路和公路养路工人的组织，通常每班负责一段路的养护工作。

"就是在这秦岭里的道班工作吗？"

"对！就在这秦岭里面，你们知道不？以前我所在的道班，负责102省道，从广货街、黄花岭、营盘，过柞水、小木岭，最后到镇安那段路……"

　　他说的那些道路，我们怎会不知？高速公路开通之前，那是维系山中几个县城的必经要道。特别是黄花岭那一段，去年刚翻修过，现在路况特别好。而且这条路曾经改过道，小木岭那一段，镇安和柞水的交界处，曾因改道废弃了将近20年，不过前两年又打通了。

　　聊到了共同话题，老人眼睛更亮了。

　　"我都快20年没去过了！"

　　老大爷告诉我们，以前山里的路，每隔几十公里就会设置一个道班。每个道班，都有一个小院子，里面一般有10来个人。这些养路工，大多就是他这样附近山中的人。他们的日常工作，主要就是巡回检查，及时修理轻微损坏，发现有较大损坏及异常情况及时报告。"几乎天天都在路上走，不容易呀！"

　　"老大爷，有件事说起来也很有缘。小木岭那条路，去年年底我走过一次，还写了一篇文章发到网上。那会儿文章下面有一条留言，是一个外地司机留的。几十年前，他经常开着解放牌汽车运送木材路过那里。他说那条翻山道路特别险，经常一下雨就冲断了，只能等着道班工人抢修。说不定这个留言的朋友，当年和您有过一面之缘呢！"

"哈哈，说不定，说不定。"老人爽朗地笑着。

"您家里没别的人了吗，老伴和娃呢？"见家里一直没别人出来，我问道。

"我有两个儿子和一个女儿，现在都成了家，他们在外面有房子住，家里只有我和老伴两个人。老伴这会儿下山去儿子家玩去了。前几天过年的时候，孩子们带着孙子才回来过！"

这是一个其乐融融的大家庭，老人只是因为眷念故土，才固守着山中老家。秦岭最后一代留守人，很多并不是没有条件搬出去，只是觉得生养自己的这些地方，更有家的味道！

每个秦岭人都有自己的故事，他们都曾在一生中体力、精力最充沛的时候，通过不同的方式和途径，为这巍巍峨峨的大秦岭出过力气。他们的艰辛付出，值得我们永远铭记！

老大娘的老伴先她一步走了，只留下坟茔一个，她没有诗人的才华，吟不出伤感的句子，也没个说话的人，只能在他们曾经共同生活过的老房子里自言自语，自己和自己吵架！

此恨绵绵无绝期

——寻访寡居老人

徒步入小寺沟四里，高清卫星地图显示，右面山上有一个地方叫阳坡凹。地图上显示有行政地名的地方，一般都还剩下一些老房子。只是不知道，这老房子还有没有人住。不过只要还有老房子在，就值得去看看。于是，我们一行人决定上山。

去阳坡凹的山路很陡，也就500米远的路，海拔却急急地提升了 200 米高。一行人歇了好几气，走了整整半个小时，最后几乎手脚并用，才终于爬上去。猛一抬头，在几块坡地的上方，还真有一栋老房子。

这栋盖着茅草，压着木棒，冒着炊烟的老房子，大门敞开着，远远就能听到里面有人声传出，时高时低、杂乱无序，既像是有两个人在你一言我一语地聊天，又像是在相互争吵着什么。

从这个角度平望过去，左边的山坡已经有了日头，而右边的山上太阳还没晒过来。这时候才发现"阳坡凹"这地名取得真妙，完美地呈现了这里的地形地貌。

山上这栋老房子，藏得这样深、这样高，也难怪在山脚看不到。

走到屋檐下，只见老房子虽然简陋，但对联却是新贴上去的，散发着浓浓的年味。一个中国家庭，即便过得再苦再穷，住得再偏再远，春节的时候也会尽最大的努力，好好地准备，快快乐乐地过一个年！过年，不是过给别人看的，而是对自己辛劳一年的告慰，是对逝去光阴的尊敬，更是对来年美好生活的期待！

一行人走到屋檐下，但房子里的声音并没有停，依旧断断续续地传出来。我们一直对着屋内高声喊，但却无法确定里面传出的声音，是否是在回应我们，于是只好走进去。屋内光线很暗很暗，只从窗户射进来一点点微微的亮光。从外面猛然走进去，几乎啥都看不清。隐隐约约中，只见里边靠墙的地方，烧了一个小小的火坑，一个人正在往坑里添加柴火。火光幽幽暗暗，映照在添柴人的脸上。

见有人进来，火坑边的人抬起头，不再添加柴火，同时也停止了言语。

这一停，老屋瞬间安静下来！原来，先前我们在远处听到的聊天声，其实是对方一个人在这里自言自语。

屋内的光线实在是太暗了，于是主人站起身，与我们一起退到大门外去。

这时才看清楚了，主人是一个老大娘，穿了一件紫色外套，里面是一件绿毛衣，头发凌乱，明显已经上了年纪。

老大娘说的是土话，而且发音十分模糊，双方交流很困难。也许是长时间与外人没有交流，我们说的话语，她好像已经听不懂，而她说的事情，我们也听不明白。

"您一个人在这里住？"我们问道。

"嗯！"老大娘应了一声。

"没别的人了？"我们追问。

　　"房子都垮了，人搬走了。"老大娘指了指不远处的另一栋房子。我们原本是问家里还有没有别的人，她大概以为我们是在问阳坡凹还有没有人。

　　"路这么陡，您平时咋下去？"我们继续问。

　　"不下去！"老大娘回答说，然后又指了指后山。

"您多大岁数了？"

老大娘听错了问题，领着我们去了房子边一个小小的坟茔旁，指着说："搬不动，只能埋在这里！"

新坟是一个非常小的土包，上面还覆盖着祭拜时残留的黄纸，四周稀稀拉拉种着几棵松柏的幼苗，树下面的地上积了一层薄雪。

因为语言不通，我们不便细问，只好准备离开。这时候，老大娘指了指后山，说那里还有一条下山的道路。

原来，进出阳坡凹有两条路，我们上来的那条路虽然近，但太陡了，后山这条路虽然远了两倍，却平坦得多。走远后，我们回头挥手告别，只见老大娘弱小的身影，还孤单地立在老房子边上。

下到大寺沟中，遇到了村里其他人，询问阳坡凹上这个老大娘的情况，才终于知道：

老大娘今年75岁，她老伴前年去世了，那个坟茔就是她老伴的。她还有两个兄弟，其中一个在附近看庙。除了兄弟外，她还有一个儿子，儿子的新房子就修在山下面。平时，老大娘和儿子都住在山下，只是这几天她又想老伴了，就让儿子把她送到山上的老房子去住……

　　唐代女诗人薛涛写过一首诗，题目叫《别李郎中》，其中开头两句是这样写的："花落梧桐凤别凰，想登秦岭更凄凉。"老大娘的老伴先她一步走了，只留下坟茔一个，她没有诗人的才华，吟不出伤感的句子，也没个说话的人，只能在他们曾经共同生活过的老房子里自言自语，自己和自己吵架！

　　该是有多么深的情意，才会生出这样深的思念？

黄芪价格我们一时不知道，但我们知道进出一次大沙沟的距离和时间成本：从这山上往下运东西，一人一次最多背一百斤。

山深喜种药苗肥

——寻访药户

　　左边是石墙，右边是竹林，中间是 15 级石头台阶。从这里走上去，就是大沙沟最后一户人家。

　　高清卫星地图上的等高线数据显示，最后这户人家的海拔高度是 1050 米。大沙沟沟口的海拔是 600 米，一路走上来，我们差不多爬了 150 层楼高。站在这里，抬头往上看，后面还有山，只是眼看就快到山顶了。

这里的山虽然不算太高，但这户人家却住得不低。要是再提升 100 米，就到山顶了，那里的高度是 1150 米。略有些生活常识的朋友都会知道，对于旅游观光来说，山顶风景往往绝好，一览众山小，但对于长期生活居住来说，却意味着什么都不方便！吃水不方便，出行不方便，甚至连信息流动的速度，仿佛都比别的地方要慢！

走完这 15 级台阶，踏入最后这户人家的院子里时，起先并没有看到人，只看到墙角立着一条立耳、短毛、浑身黑色的狗。还好，黑狗脖子上，拴着一条细细的铁链。

行走秦岭，见了太多温顺的中华田园犬，突然在山里看到这么一条"黑狼犬"，心里确实有点毛毛的。这家伙不会咬人吧？这黑狗猛然间见了我们，似乎反倒被吓着了，过了那么几秒钟之后，它才反应过来，开始"汪汪"大叫。

听到狗叫，敞开着的大门里，一位穿着呢子大衣、裤子打着补丁、头发有些灰白的精瘦中年人，乐呵呵地快步走了出来。

"两位客好呀，你们来这里干啥呢？"发现家中有生人到访，看得出大叔明显很开心。

"我们经常在秦岭里面走，之前没来过山阳县，特别是山阳的山里面，最近柞山高速公路开通了，所以特意过来看看！”

　　"高速路好呀，要是没高速路，我们以前去一趟西安，坐车得倒好几回，得走整整八个小时！差不多一个白天的时间！"

　　厨房大门口边上，放着一堆劈好的干柴火。

　　这个场景，如果用一个词来形容，这叫"薪错于门"。这个词来源于一个当地的历史故事：怀才不遇的清朝诗人邓林，被至交山阳知县林聪聘为幕客，其旅居山阳时，曾作了一首长长的《包谷谣》，里面就有这一句"薪错于门"的描述，指的是柴火堆放于门前。

院子的一角，火盆里是柴火烧尽之后的灰烬，泛着暗淡的灰白色。火盆边上的小木椅子，样式笨拙、小巧古朴。从椅子上的磨痕看，这把椅子的年纪，怕是少不了有三五十岁！火盆边只有一把椅子，看来昨夜烤火的时候，能够感受这柴火温暖的大概只有大叔一人。

"这地方很偏僻呀，大叔您一个人住在这里？"

"是有点偏。这山上就我一个人，后面没得人了，周围也没得人了。"大叔站在一堆乱麻般的"树根"前面，嗓门很大，说话时中气很足，而且语速很快。

一座山，一个人。一个人，一座山！这是怎样一种孤独的山里生活！

"您一个人住，不怕吗？"

"我都一个人住了十多年了，早就习惯了！"

大叔很乐观，我们也不便细问缘由，便将话题转向那一堆"树根"。

"您屋檐下这堆东西，是啥呀？"

"这是黄芪，一种中药材。你们没见过？"

翻读过当地志书，知道山阳这个地方，自古就有采集和种植药材的历史，今天亦然。也知道这一块秦尾楚头之地，南北方植被过渡之所，生长着黄芩、茯苓、柴胡、半夏、丹参、苦参、天冬、麦冬、木通、管仲、五味子、款冬花、牛蒡子、稀莶草、连翘、马兜铃、南星、猪苓、苍术、红花、桃仁、黄精、菀花等上百种药材。

看来，大叔在山中的主要工作，不是种庄稼，而是种植各种药材。

"大叔，听说这几年国家支持中医事业，中草药的需求量很大，种植药材可是赚钱的活呀。"

"赚什么钱哟，有时候还得赔本。就说这黄芪，贵的时候能卖八块钱一斤，贱了三四块都没人要！你说气人不气人！"

黄芪价格我们一时不知道，但我们知道进出一次大沙沟的距离和时间成本：从这山上往下运东西，一人一次最多背一百斤。运到下面的色河铺镇去，如果收药材的药商故意压价，你肯定不会再把药材背回来。毕竟这成本耗不起！所以，几乎是人家说多少钱一斤，你就得卖多少钱一斤，毫无讨价还价的余地。

"大叔您在这山中，主要种什么药材？"

"我们这个地方，主要种黄芪、黄姜、丹参和射干这几种药材。"

"种药累不累？"

"种药材不像种庄稼，一年一季，好多药材从种下去到最后收回来，得好几年时间，熬人得很！"

走进堂屋，靠墙还放着和外面火盆边一模一样的三把小椅子。墙上挂着一个撮箕和一把伞。堂屋地上，一个背篼、两个篼篼、一个红盆和一些粮食，杂乱地堆放在一起。这一刻的光线，从门那边照射过来的是亮堂堂的，但老屋顶部烟熏火燎的地方则是黑乎乎的。一明一暗，画面静好。

卧室内正烧着一盆炭火，我们来之前，大叔应该就在这里烤着火。屋内还有一张木床，大叔说大沙沟这个地方，虽然山很高，但四周还有山，风吹不进来，所以冬天并不太冷，晚上睡觉不用烧炕，睡普通床就行。

看到桌上有一个电视机，大叔说可以收四十多个台。看看电视，这大概是大叔在这山里的每一天，打发夜里漫长的时间时唯一可以做的事情吧！

大叔说，我们拍照的这栋房子，是他上个世纪90年代建的，而旁边那栋老一点，专门用来堆放药材的房子，也是他修的，不过时间早了十年，大约是80年代建的。

"您家一直就在这山上，您一直住在这里，没出过门？"

"我家以前在隔壁的沟里。下雨滑坡，房子垮了，才搬到这里来的。其实也不算啥房子，就是个草棚子，那是好几十年的事情了！我出过门，最远去过郑州。"

"这里挺偏僻，在我们之前，还有谁来过这儿吗？"

"今年阴历七八月间，来过一个人，是在下面修高速路的。我给他说，上来高得很，你上不去，人家硬要上来。"

"那在他之前呢？"

"没了！从来没有过！你们是第一拨！"

在大叔家吃了自带的午饭，停留了一个多小时。在这一个多小时里，其实大叔说得最多的，还是他那始终未出现的儿子。

"你们西安来的，在西安哪里？我儿子也在西安打工，装修房子，跟老板干，是个水电工。"大叔告诉我们说，就在我们去的这天早上，他儿子刚打电话回来说（山里手机只有2G信号，能打电话，但不能上网），最近没活了，今天要从西安回来，让他下去。

"他让您下去？下哪里去？"

"镇上移民安置点，我在那里给儿子买了一套房子，90多平米！"

"不错呀，有新房子。"

"唉，贷款买的，十几万呢。不给他买个房子，媳妇都找不到。"

"您平时都在上面住，下面房子难道就一直空着？"

"嗯。空着。不空着能干啥？只能空着。"

聊深了大约知道，大叔今年54岁，儿子也就20多岁。这儿子年纪虽然不大，却已经在外打工多年，河北廊坊、广东深圳，还有现在待的西安，去过不少地方。大叔抱怨说，这娃即便是回家，也坚决不回这山中的老房子来，所以让他下去。

父与子的矛盾，留守与搬走的艰难抉择，现实与未来的不可预知，在大叔看似不带情感的叙述中渐渐清晰。可能，在大叔眼里，进了城打工，一趟也不愿回到这山里老家来的儿子，太忘本，太不懂事了。但换一个角度，也许在年轻气盛的儿子眼中，外面的世界那么精彩，但父亲却始终坚守在山中过日子，也有些太过固执。

其实，现在秦岭山中只有老人留守，基本见不到年轻人的缘由，也正是如此。山里的生活，虽然安静、悠闲，不必每天都匆匆忙忙，但的确一成不变，时光仿佛凝固，而且还艰苦、劳累。老人们在山中生活了一辈子，早已经完全习惯了这种生活，但年轻人不一样，他们更喜欢山外充满挑战的日子，想要拥有成就自我事业的机会。

　　我们无法去评价这两种生活方式孰对孰错，却应该学会在这中间找到一种平衡。尊重这些最后留守的老一辈秦岭人，致敬这种原生态的生活方式，同时也应该理解秦岭的下一代年轻人，理解时代赋予他们走出大山逐梦的权利。哺育了无数代人

的大秦岭，终将回归自然。大秦岭是我们共同的家园，希望我们想家的时候，心中能够永远感受到大山的宁静和美好！

　　我们走的时候，大叔依依不舍地站在台阶的石墙上，目送我们离去。我们走远了，大叔突然喊起来："我给你们带点核桃吧，今年新打下来的，好吃得很！"

　　"谢谢了！大叔，真的谢谢了！您收拾完了，也早点下去吧，也许您儿子已经回来了！"

后记

如果说秦岭是一部大书，那么本书中的文字，充其量不过是其中一页，甚至只能算是几行字，抑或是几个标点符号。在漫长的时间长河里，几千年的人类文明史其实都很短暂，更何况我只是碰触到了秦岭文明史中的一瞬间。

这本书既不是在书写秦岭已然逝去的历史，更不能预知秦岭无限可能的未来，这本书只是在我们大部分人刚刚结束农耕文明，换了种方式在城市里生活的时候，忠实而原本地记录了山中一宅一院的那种生活节奏，以及秦岭山洼洼里那些也许将会永远消失的中国山村最后的模样。

世界上其他的大山，你可以通过登顶而征服它，但对于莽莽苍苍的秦岭来说，你却必须像孩童依恋父母一样，只有恭敬地依偎在它的膝下，渐渐深入其中才能真正了解它。当你看见了山中的飞鸟时而低飞、时而高掠、时而啾啾啼鸣的时候，当你看见了山上的林木在春天里鹅黄翠绿、生机勃勃，娇羞而妩媚的时候，当你有机会坐到那一户户秦岭人家的屋檐下，静静地去听老秦岭人讲述山的传说、人的故事的时候，你其实才刚刚开始学着阅读秦岭。

这本书里记下来的人和事，只是我行走秦岭经历的一小部分。限于篇幅的原因，其他还有塔儿沟、秀才沟、陈家沟、滴水岩沟、苦竹沟、龙王沟、朝阳沟、狗爬梁、铁佛寺、苇园凹、小木岭、两河乡、天明山、天竺山、海棠山、塔云山、大寨子、鹦鹉沟、正沟村、黑沟、千柏树沟等故事没有收入其中。而如果再加上秦岭北麓的黄峪寺、三桥村、管家坪、大坝沟、小坝沟、青华山、大峪、沣峪、太平峪等等，那这本书留下的遗憾就更多了。

毕竟秦岭那么大，谁能写得完、写得全？

行走秦岭，其实并非一场只有我一个人参加的孤独的盛宴，感谢那些曾多次或偶尔与我一起走过这段旅程的朋友——谢楷、董明皓、公茂果、于磊、黄军荣、田雨、刘欣、颜哲、岳青山、高奇发、闫刚、王海、吴佳、柳潇、陈卓、李倩茜。同时，这本书能够与诸君见面，与白马时光总编何亚娟女士，以及编辑谭欣、秦姣等人的辛勤付出密不可分。此外，我还要特别感谢家人的理解和支持，让我能抽出这么多时间行走秦岭！

于我来说，行走这件事既是一种修行，也是在找寻初心。我从黔北高原的小山村走出来，在人生接近不惑之年时，有机会再次返回山中行走，这是一种十分难得的体验。年少时行走，目的是奔向远方；中年时行走，更多是驻足思考。我眷念大山，更眷念山村生活的那份宁静。那里的时间很慢，日子很长，四季轮回只不过一茬庄稼和瓜果成熟而已，岁月就这样平淡而心安地流转着，无声也无息。

最后，愿此书的出版，能或多或少地抚慰像我一样奔忙不停的朋友们，能让我们在高速运转的现代社会的滚滚洪流中，偶尔想起山村之中还有一片并不遥远的宁静——那是故乡。

秦明

2019 年 5 月 19 日